Helga Bürster

Eine andere Zeit

Roman

Insel Verlag

Die Liedzeile auf Seite 170 stammt aus dem Lied *Als ich fortging* der Gruppe Karussell. Text: Gisela Steineckert, Amiga 1987.

Die Geschichte und die Figuren sind fiktiv. Ähnlichkeiten mit wahren Begebenheiten und Personen sind zufällig und nicht beabsichtigt.

Die Arbeit am vorliegenden Roman wurde gefördert im Rahmen des Stipendienprogramms der VG Bild-Kunst in NEUSTART KULTUR der Beauftragten der Bundesregierung für Kultur und Medien.

NEU
START
KULTUR

Dieses Buch wurde klimaneutral produziert.

Klimaneutral
Druckprodukt
ClimatePartner.com/14438-2110-1001

Erste Auflage 2022
Originalausgabe

Umschlagabbildung: bilwissedition/Alamy/mauritius images, Mittenwald
Umschlaggestaltung: Designbüro Lübbeke Naumann Thoben, Köln
Satz: Satz-Offizin Hümmer GmbH, Waldbüttelbrunn
Druck: CPI books GmbH, Leck
Printed in Germany
ISBN 978-3-458-64285-5

www.insel-verlag.de

Eine andere Zeit

1

Sommer 2019

Im Haus gegenüber wohnte wieder jemand. Oder auch nicht. Es war Dorfgespräch. Enne hatte Licht gesehen, Christina auch, aber die sah auch Geister. Einige vermuteten einen Obdachlosen, der sich ein frühes Winterquartier genommen hatte, schließlich ging der Sommer dem Ende entgegen. Warum sollte so jemand kein leerstehendes Haus in Beschlag nehmen, das sowieso keiner haben wollte, wegen der alten Geschichten und weil es nur noch vom Efeu zusammengehalten wurde. Sich auf Dauer zu verstecken, würde hier allerdings kaum funktionieren, denn sie waren aufeinander angewiesen. Das hatten auch die Neuen schnell kapiert. Es gab keinen Laden, keinen Arzt, keine Sparkasse, nur die Weite und das Nichts. Genau das hatten die Neuen gesucht, nur mussten sie dann auch damit zurechtkommen. Zu tun gab es genug. Die Neuen werkelten gern an ihren Häusern herum und das war gut so, denn die Alten machten das auch, da konnte man sich austauschen und lernte sich kennen. Die Neuen malten auch oder schrieben Bücher, das musste man ihnen wohl zugestehen, auch wenn es für nichts gut war, wie Albrecht fand. Enne hatte auch so einen Hang zum Nutzlosen. Sie erzählte Geschichten, aber sie zog auch Gemüse. Das eine wog das andere auf und so kamen sie über die Runden.

Als die Mauer fiel, waren so viele abgehauen, sich die

Welt angucken und drüben gutes Geld verdienen. Nur Enne war hiergeblieben, um die Lücke zu schließen, die Suse hinterließ. Sie hatte zugesehen, wie das Leben aus dem kleinen Fischerdorf heraussickerte, ebenso wie aus ihrer Mutter. Lore begriff alles das nicht. Enne hätte sie das zugetraut, einfach zu verschwinden. Suse nicht. Nun war Enne geblieben. Das Leben war unberechenbar. Es kehrte sogar zurück.

Nach all den einsamen Jahren brannte in den Fenstern der hastig verlassenen Häuser wieder Licht. Dieser winzige Ort mitten im Nirgendwo zog die Sehnsüchtigen an. Christina kam als Erste. Die Kusine aus dem Westen hatte schon immer vom Kamp geträumt. Das zog Kreise. Nach ihr kamen die Einsiedler, Künstler und Macher. Die kauften eine Bruchbude nach der anderen weg, um sie wieder herzurichten. Da konnte man nur staunen. Nun siedelte ein bunter Haufen auf dem Kamp. Enne versorgte sie alle mit Pflaumenmus. Es war ja genug da und man musste die Neuen bei Laune halten, damit die nicht wieder fortzogen.

Eddy war damals skeptisch gewesen wegen der vielen Fremden, die ins Dorf kamen. Albrecht sowieso, denn was wussten die schon, aber es wurde alles gut. Gemeinsam bauten sie das Kulturhaus wieder auf. Eddy holte den alten Trecker aus dem Schuppen, den er damals, Anfang der Neunziger, vor dem Verschrotten gerettet hatte. Den konnte man noch für alles Mögliche gebrauchen, um alte Scheunen abzureißen oder Gräben für Fundamente auszuheben. Eddy mauerte auch, verlegte Leitungen und reparierte alte Türen und Fenster. Er war in seinem Element. Nur das Akkordeon stand sich weiter auf dem Dachboden kaputt. Enne hatte gehofft, dass er es in die Hand nähme, um sich endlich um die kaputten Tasten zu kümmern, damit sie zusammen Musik machen konnten, vielleicht auf einem der Dorffeste, die sie wieder feierten. Nochmal die alten Lieder singen, die die Neuen bestimmt nicht kannten, das wünschte sich Enne.

So wie damals. Früher. Vorher.

Sie dachte jetzt oft solche Worte.

Als die Fähre wieder fuhr, feierten sie ein Fest, da hätte es gepasst, aber Eddy weigerte sich, auch nur einen Ton zu spielen. Ruben, dieser verrückte Typ aus Hamburg, hatte sein altes Boot umgerüstet. Der war von der Nordsee rübergekommen, um was Neues zu machen. In seinem alten Leben hatte er Computer programmiert, nun war er Fährmann. Es sprach sich schnell herum, dass man sich vom Kamp wieder nach Usedom übersetzen lassen konnte. Das eine zog das andere nach sich. Bald stellte jemand einen Imbisswagen an den Hafen. Cola, Pommes, Bratwurst. Enne baute in den Sommermonaten den alten Tapeziertisch unterm Pflaumenbaum auf. An den Wochenenden bot sie Kaffee und Selbstgebackenes an, für die Kinder Limonade und Saft, alles gegen eine Spende. Manchmal setzte sich Christina dazu mit ihren Tinkturen und Salben, mit den selbstgestrickten Socken und der Wolle, alles pflanzengefärbt und handgesponnen. Sie hielt sich zwei Schafe, weil die Sache mit den Geistern zum Leben nicht reichte.

Die Sommer waren jetzt schön und heiter, sie saßen oft zusammen am Hafen, wenn die Arbeit getan war, und guckten sich die Augen an den Sonnenuntergängen tragig. Die Weinflaschen kreisten, Enne erzählte Geschichten. Gute Tage waren das. Da fiel das Leben leicht.

Später im Jahr, wenn die Gäste ausblieben und die Nebel kamen, wenn man anfing, die Spinnweben aus den Schornsteinen zu fegen und Feuer in den Öfen anzuzünden, zeigte sich, wer für das Ende der Welt wirklich taugte. Manche zogen in die Berliner Zweitwohnung. Andere überwinterten auf La Gomera. Wenn die Dunkelheit aus den schweren Böden kroch und sich auf die Gemüter legte, blieben nur die Mutigen.

Aber nun war noch August, der Winter fern und der Herbst spät dran, denn dieser Sommer war zäh. Sonst hingen am Morgen schon die Tautropfen wie Wäsche an den Spinnenfäden, aber es war viel zu trocken, das Land eine Steppe.

Enne fand in diesen Nächten keinen Schlaf. Also hatte sie wieder Obst eingekocht, statt das Bett umzurühren und sich von einer Seite auf die andere zu wälzen. Die Früchte platzten schon auf. Es wurde höchste Zeit, sie zu verarbeiten. Bis zum Morgen hatte sie in der Küche gestanden, die Arme bis zu den Ellenbogen in den Pflaumen wie davor schon in den Himbeeren, Johannisbeeren und Heidelbeeren. Sie hatte darüber nachgedacht, was sie gesehen hatte, in einer anderen durchwachten Nacht vor ein paar Tagen. Sie hatte das nicht geträumt. Die Gestalt war um Almas Haus geschlichen und dann hatte sie hinter den Fenstern ein Licht gesehen, wie von einer Taschenlampe. Am nächsten Tag hatte sie Eddy davon erzählt. Der meinte, das sei nur ein Tier und reflektierter Mondschein gewesen. Er dachte das immer noch, denn sollte tatsächlich jemand eingezogen sein, hätte man das doch längst mitbekommen. Auch ein Eremit musste mal einkaufen gehen.

Am Morgen hatte Enne einen Korb gepackt. Drei Gläser von dem frisch gekochten Pflaumenmus. Sie hatte ihn vor die Tür gestellt, weil keiner aufmachte, trotz Klopfen und Rufen. Nun war Mittag und der Korb stand gut sichtbar vor der wild wuchernden Ligusterhecke, direkt an der Straße. Sie ging ihn holen. Der Korb war leer. Sie blieb am Zaun stehen und winkte zu den blinden Fenstern hin.

»Hallo? Ich bin Enne! Ich wohne gegenüber! Wenn Sie irgendwas brauchen, sagen Sie einfach Bescheid!«

Nichts regte sich. Die Tür blieb verschlossen, hinter den Fenstern hingen die alten Gardinen wie Lappen und auf der Fensterbank standen dieselben toten Topfblumen, aber jemand hatte das Mus genommen. Dieser Jemand mochte also Pflaumenmus, aber keine Nachbarn. Es fühlte sich verkehrt an, nur hatte sie keiner zu diesem Willkommensgruß gezwungen.

Christina kam mit dem Rad gefahren. Sie trug eines ihrer bunten Wallekleider, es schlotterte um ihren hageren Körper. Sie kniff die Augen zusammen, weil die Sonne sie blendete. Hinter der faltigen Haut ahnte man noch das jugendliche Gesicht. Das Haar trug sie lang und offen, es hatte nun die Farbe von angelaufenem Silber. Enne dachte, dass Suse im Alter auch so aussehen musste. Es hatte da immer eine gewisse Ähnlichkeit zwischen den Kusinen gegeben, bis auf die Augen. Suses hatten die Farbe von Bernstein gehabt. Christinas waren hellbraun wie die von Enne.

Christina stieg vom Rad und sah auf den Korb in Ennes Hand.

»Kommst du vom großen Unbekannten?«

»Wer sagt, dass es ein Mann ist? Könnte ja auch eine Frau sein.«

Christina schloss kurz die Augen und guckte dann bedeutsam. »Ich sehe einen Mann.«

Sie sah alles Mögliche, wenn sie nicht hinsah, auch Tote, jedenfalls behauptete sie das. Jetzt lief ihr von der Hitze der Schweiß in die Augen, sie wischte mit dem Arm darüber.

»Wo warst du?«, wollte Enne wissen.

»Kräuter sammeln. Breitwegerich. Ist gut gegen Husten und Erkältung. Und dann noch –«

Bevor Christina ihr jedes Unkraut aufzählte, das sie gesammelt hatte, fiel Enne ihr ins Wort.

»Unser spezieller Mensch da hat übrigens mein Pflaumenmus genommen. Es gibt ihn. Oder sie.«

»Weiß ich doch.«

Christina stieg wieder auf, sie stützte sich mit einem Fuß ab. »Kommst du später auf einen Tee? Ich hab Kuchen.«

»Mal sehen.«

Enne ging nach Hause. Es kränkte sie, dass man sie hatte abblitzen lassen. Sie dachte, dass es sowas früher nicht gegeben hätte. Da hätte man sich wenigstens bedankt. Wieder so ein *Früher*. Nun gut, sie war bald sechzig. Da durfte sie alte Gedanken haben.

Albrecht kam von seinem Rundgang, sein Hund trottete hinter ihm her. Er blieb vor dem offenen Küchenfenster stehen, aus dem Enne ihm zuwinkte.

»Moin!« Albrecht kraulte die graue Hundeschnauze. »Und?«

»Ja, nix! Tee?«

»Hab noch zu tun. Muss da hinten einen Baum wegmachen, der hängt halb übern Weg. Bevor was passiert. Diese blöden Biber.«

Es war eine Plage mit den Viechern und auch mit den Waschbären.

»Eddy hat übrigens einen gefangen«, sagte Enne und senkte dabei die Stimme. Es sollte keiner mitbekommen, denn es war verboten, nur kletterten die Biester nachts in die Obstbäume und fraßen sie leer.

»Lebt der noch?«

»Sitzt in der Fuchsfalle und die steht im Schuppen.«

Albrecht nickte. »Ich komm später mal rüber.«

Er würde seine Flinte mitbringen. Dann hob er die Hand zum Gruß und schlappte in seinen schweren Gummistiefeln davon, die er selbst bei größter Hitze trug. Der Hund saß da und rührte sich nicht.

»Bobby!«

Das Tier stand mühsam auf und trabte hinter seinem Herrn her. Schon im Gehen drehte Albrecht sich noch einmal um. »Hast du unseren neuen Nachbarn jetzt eigentlich gesehen?«

»Ne.«

»Warum fragst du nicht die Post, ob da jemand haust?«

»Da drüben?«, fragte Franz später, als er mit dem gelben Wagen mitten auf der Straße parkte, weil hier selten einer vorbei wollte. Er reichte ihr einen Stapel Werbung. Sie warf nur einen flüchtigen Blick darauf.

»Nun sag schon. Wohnt da wer?«

»Tja. Kann schon sein.«

Er grinste und ließ sie zappeln.

»Na gut. Dann behalt das eben für dich. Ist nicht so wichtig.«

Enne wandte sich um. Da lenkte er ein. »Na schön. Du hast ja recht. Da drüben wohnt tatsächlich jemand.«

»Wer!«

»Eine Frau.«

»Echt?«

»Ich hab ihr gerade einen Brief zugestellt.«

»Und?«

»Ja, nichts und!«

Er steckte die Daumen in den Hosenbund und wippte mit den Füßen. Da kam er wieder zum Vorschein, dieser *Franz-wichtig*, den Enne so gut kannte. Früher hatte er sie noch damit beeindrucken können.

»Jetzt spuck's schon aus! Wie heißt sie?«

»Postgeheimnis.«

Enne verdrehte die Augen. Mit den Geheimnissen der Post nahm Franz es so genau, wie es ihm gerade passte.

»Na gut. Sie heißt Ilse Pohl. Aber das hast du nicht von mir.«

Das war seine Art, sich zu rächen. An der Welt. Und am Jobcenter. Dass er überhaupt Zusteller geworden war, lag nämlich an dem Sachbearbeiter dort. Der hatte ihn da reingedrängt, nachdem es mit der Musik nicht geklappt hatte. Die Post war seine letzte Chance gewesen. Enne fand, es hätte ihn schlimmer treffen können, so wie Eddy. Eine Weile hatte der sich nach der Schließung der LPG noch mit einer kleinen Werkstatt über Wasser gehalten, hatte Trabbigetriebe zusammengefriemelt und Mofas frisiert. Nur wollte dann keiner den alten Schrott mehr fahren. Die neuen Autos interessierten Eddy nicht. Zu viel Elektronik. Statt sich unter den Wagen zu legen und den Motor abzuhorchen, steckte man jetzt ein Kabel in eine Buchse und las den Fehler per Computer aus. Er hatte nicht mal einen, aus Prinzip. Er weigerte sich, so ein *Düüvelstüüg* anzuschaffen. Stattdessen schraubte er kaputte Rasenmäher, Nähmaschinen und Toaster auseinander und baute sie wieder zusammen, so dass sie noch eine Weile funktionierten. Ihm kam nichts Neues ins Haus. Was sich partout nicht reparieren ließ, wurde aus dem Gebrauchtwarenladen geholt und ersetzt. Er glaubte, dass sich die Dinge durch stetigen Gebrauch eine Seele anverdienten, wie sein geliebter Trecker, ein RS 04 mit Wasserkühlung, Baujahr 1956. Die neuen Ungetüme, die man jetzt auf den Äckern sah, liefen vielleicht besser, aber das waren nur tote Monster.

Es kam bei den Neuen gut an. Sie rannten ihm die Bude ein mit ihrem nostalgischen Schrott, den sie auf Ebay ersteigerten. Christina hatte ihm ein Grammofon gebracht, an dem die Kurbel abgebrochen war. Sie sammelte Schellackplatten, alte Aufnahmen mit Stimmen aus dem Jenseits, von vor hundert Jahren. Ein elendes Gejaule war das, wenn man Enne fragte. Eddy war es egal, was Christina hörte, ihn interessierte nur das Gerät. Er reparierte auch das. Nur sein altes Akkordeon blieb kaputt. Enne würde das nie verstehen.

»Willst du nicht wenigstens auf einen schnellen Kaffee mit reinkommen?«, fragte sie Franz. Er lehnte ab. Er habe eine sehr spezielle Fracht und müsse deshalb schnell weiter. »Ein halbes Schwein. Gekühlte Ware. Was die Leute so alles bestellen. Grüß Eddy!«

»Na dann.« Enne hob die Hand zum Abschied. »Beeil dich lieber, bevor dir die halben Schweine noch weglaufen.«

Der Postwagen wendete und fuhr aus dem Dorf, dann kam Eddy auf seinem klapprigen Fahrrad vom Deich herüber. Enne hörte das kaputte Kugellager schon knacken, bevor er um die Ecke bog. Am Lenker baumelte der alte Fischeimer, den er von Ennes Vater geerbt hatte. Unverwüstlich. Die Emaille war an den Rändern abgesplittert, darunter rostete das Eisen. Der Eimer war noch dicht. Eddy stieg vom Rad und deutete mit dem Kopf auf die Post, die Enne immer noch in der Hand hielt.

»Rechnungen?«

»Nur Werbung.«

»Gut.«

Er hob den Eimer vom Lenker und stellte ihn ab. Sofort strichen zwei Katzen um ihn herum. Eddy scheuchte sie fort.

»Ich soll dich von Franz grüßen«, sagte Enne, während sie die Schleie im Eimer begutachtete. Es hingen auch noch welche in der Räucherkammer.

»Ihr habt geredet?«

»Ich hab ihn was gefragt.«

»Ging's um das da?« Er nickte zu Almas Haus hinüber. Wie gut er sie kannte.

»Sie heißt Ilse Pohl. Hat Franz mir erzählt.«

Einen kleinen Triumph konnte Enne sich nicht verkneifen. »Ich hatte also recht!«

Eddy lehnte sein Rad gegen den Pflaumenbaum und setzte sich auf die Bank, die darunter stand. In letzter Zeit sah er oft müde aus. Er schlief schlecht, wie sie.

»Soll ich dir was zu trinken bringen?«

»Ne. Lass man.«

Wie er da saß, zusammengesunken und grau. Enne setzte sich neben ihn. Er sah sie an, mit seinem schiefen Lächeln, das sie rührte. Sie dachte, dass sie ihm jetzt gerne den Arm um die Schultern legen wollte, aber sie ließ es bleiben. Ihr lag zu viel auf der Zunge. Es ging um Suse. Das machte sie besser mit sich alleine aus. Oder nicht?

Sie sah ihn von der Seite an. Er hielt den Kopf gesenkt, die Hände, breit und abgearbeitet, lagen auf seinen Oberschenkeln. Wann war er so grau geworden? Sie hatte das gar nicht mitbekommen.

»Morgen«, sagte er und Enne wusste sofort, was er meinte. Suse war damals am neunzehnten August verschwunden.

Eddy rieb sich die Stirn. Er war heute schon sehr früh losgegangen. »Ich kann mich nicht mehr an ihre Stimme erinnern«, sagte er.

Enne dachte, dass sie eigentlich immer noch wütend war.

2

Ilse Pohl ging auf dem Deich spazieren. Das hatte Enne geträumt, nachdem sie kurz in einen unruhigen Schlaf gefallen war. Frau Pohl trug in dem Traum einen dunklen Kapuzenmantel, so einen hatte Suse auch gehabt, damals, in ihrer schwärzesten Zeit. Ein Grufti auf dem platten Land. Auf so etwas hatte nur Suse kommen können, weil sie schon immer mit dem Tod geliebäugelt hatte. Schließlich war sie ihm als Kind oft genug von der Schippe gesprungen. Mit ihren Marotten hatte sie alle zur Verzweiflung getrieben, vor allem Lore. Solche Menschen vermisste man am meisten. Das alles ging Enne durch den Kopf, als sie oben in ihrem alten Bett lag und die Decke anstarrte, bis ihr die Augen tränten. Ein Stockwerk drunter schlief Eddy. In dieser Nacht gehörten sie nicht zusammen, wenn sie das überhaupt jemals getan hatten.

Sie hielt es nicht länger aus in dem alten Kinderzimmer. Im Halbschlaf meinte sie, Suses Augen schimmern zu sehen. Sie schlich die Treppe hinunter und zählte dabei die Stufen, vierzehn waren es. Sie machte kein Geräusch, denn sie kannte jede knarrende Holzdiele. Bis zur Küchentür und am Schlafzimmer vorbei waren es weitere neun Schritte, nur stand der leere Korb im Weg, den sie gestern Mittag von der Straße geholt hatte. Sie trat dagegen, er schlitterte über den Boden, machte nur mäßigen Lärm. Sie blieb vor der Schlafzimmertür stehen und horchte, ob Eddy davon aufgewacht war. Die Tür stand immer einen Spalt offen, damit Olle rein und raus konnte, Eddys klappriger Kater. Gerade hatte sie Eddy noch leise schnarchen hören, nun war es still. Nur den Kater hörte sie, wie der sich putzte. Der lag wohl wieder am Fußende.

»Eddy?« Sie flüsterte seinen Namen, um ihn nicht zu wecken, falls er doch noch schlief. Er antwortete nicht. Der Kater sprang vom Bett. Er schlich in den Flur, strich um Ennes Beine und schritt mit hoch erhobenem Schwanz, die Spitze abgeknickt, in die Küche, wo er durchs offenstehende Fenster verschwand, um Mäuse zu jagen oder den Mond anzujaulen.

Im letzten Herbst hatte Eddy das Tier aus der Peene geangelt und mit nach Hause gebracht. Eigentlich war so etwas Ennes Part. Sie fütterte die wilden Katzen durch den Winter und bereitete ihnen ein Strohlager im Schuppen, gleich neben dem Trecker, weil Eddy *dat Veehtüügs* nicht in der Wohnung haben wollte. Was er dann ausgerechnet an dem mageren Kater fand, der so jämmerlich klagen konnte, wusste Enne auch nicht. Jedenfalls hatte das Haus nun einen Ton mehr. Enne kannte sie alle, die vergangenen und die gegenwärtigen. Die quietschenden Bettfedern, wenn Eddy sich umdrehte, das Knacken in den Holzbalken, das Klopfen in den Wasserrohren, das Getrappel der Mäuse in den Zwischendecken, das Klappern von Lores Stricknadeln, lange her und immer noch so präsent, als hätte sie es gestern zum letzten Mal gehört, ebenso das Schweigen des Vaters oder Magdas lautes Lachen. Das alles hatte eine Spur hinterlassen, wie die

Rillen auf Christinas Schellackplatten. Nur Suses Stimme verblasste in dem Chor, da ging es Enne wie Eddy. Sie hatte Mühe, sich an Suses Stimme zu erinnern. Seit wann war das so? Sie wusste es nicht.

In dieser Nacht dachte sie, dass die Zeit gekommen war, die absurde Hoffnung auf eine Rückkehr endlich aufzugeben und sich von Suse zu verabschieden. All das Warten und die Ungewissheit sollten ein Ende haben. Suse war tot. Es musste ihr damals etwas zugestoßen sein. Anders ließ sich nicht erklären, warum sie sich nie wieder gemeldet hatte. Natürlich hatte Christina sie unter den Toten gesucht und gefunden, aber konnte man ihr glauben? Sie schickte Suse *ins Licht*, veranstaltete ihren Hokuspokus mit Räucherstäbchen und Klangschalen. Suse würde sich bedanken, wo sie doch die Dunkelheit immer bevorzugt hatte. Enne hatte schon länger darüber nachgedacht, nun fasste sie den Entschluss. Sie stellte sich einen schlichten Abschied vor. Sie würde Suse einen Brief schreiben und den in der Peene versenken. Vielleicht würde sie Papierschiffchen mit Teelichtern zu Wasser lassen. Und Blumen. Es sollte schon feierlich sein. Den Vater, den müsste sie aus dem Heim holen. Danach würden sie zusammensitzen bei Kaffee und Butterkuchen. Eddy, nun ja, den musste sie überzeugen. Da wurde die Sache schon wieder schwierig. Kein Wunder. Es ging ja auch um Suse.

Enne folgte dem Kater in die Küche, schloss die Tür hinter sich, öffnete das Fenster weit und atmete die kühle Nachtluft. Das Haus hatte noch immer die alten Sprossenfenster, einfach verglast, mit Oberlicht, zweiflügelig.

Man konnte die Fenster mit einem Riegel außen festhaken. Eine Seite ließen sie bei der Sommerhitze immer offen stehen, damit das Haus die heißen Tage ausatmen konnte. Vor Dieben mussten sie sich nicht fürchten. Hier gab es nur alten Krempel. Wer so dumm war, bei ihnen einzusteigen, würde mit leeren Taschen umkehren müssen.

Enne öffnete auch den anderen Flügel und lehnte sich aus dem Fenster. Ein voller Mond stand am Himmel, es war fast so wie damals vor dreißig Jahren. Sie machte noch immer kein Licht, fand den Weg zum Küchenbuffet auch so. Da hing der Abreißkalender, gleich neben dem Schrank, mit einem dünnen Blättchen für jeden einzelnen Tag. Das musste so sein, weil es immer so gewesen war. Sie sah auf die Uhr, Mitternacht war längst vorbei und es wurde Zeit, den alten Tag in den Papierkorb zu werfen. Jetzt war der neunzehnte. Da hatte Suse rübergemacht, vor Eddys Augen. Keiner hatte etwas geahnt.

Enne versuchte immer wieder, sich zu erinnern, wann sie die Schwester das letzte Mal gesehen und ob sie da vielleicht etwas angedeutet hatte. Die Erinnerungen flutschten weg wie nasse Seife.

Sie lehnte sich nach draußen. Vom Wasser her roch es nach Tang. Sehen konnte man nur einen schmalen Streifen, Almas Haus stand im Weg. In der Nacht wirkte es mit all dem wuchernden Efeu wie ein schlafender Riese. Ein Paradies für Vögel. Die flogen da ein und aus. Es wäre längst unter den Ranken verschwunden, wenn Eddy sie nicht ab und an zurückschnitt, vor allem vor den Fenstern. Das war seine Art, an Suse zu denken, denn sie hatte oft in den verlassenen Räumen gesessen, auf Almas alten Möbeln. Sie und Alma. Sie hatten sich gemocht. Vielleicht hoffte Eddy, dass er sie eines Tages hier fand. Deshalb konnte er das Haus nicht vollständig verkommen lassen.

Der Riese öffnete ein Auge. Enne sah das Licht hinter einem der Fenster und erschrak so sehr, dass sie rückwärts gegen den Tisch prallte. Der Kerzenteller fiel zu Boden, die Wachsschicht zersplitterte. Sie behielt das Fenster im Blick. Ilse Pohls Schatten huschte hinter den Gardinen. Das Licht flackerte, eine Szene wie aus einem billigen Horrorstreifen, nur dass das hier echt war. Oder doch nur Einbildung? Sie schloss die Augen. Als sie wieder hinschaute, war alles dunkel. Wurde sie verrückt? Sah sie am Ende Geister wie ihre Kusine? Oder konnte Frau Pohl auch nicht schlafen und saß wie sie in der Küche? Sie hob die Hand und winkte hinüber. Alles blieb dunkel und still.

Sie schob den Stuhl näher ans Fenster, damit sie den Himmel sehen konnte und zugleich das Haus im Blick hatte. Da rasten gleich mehrere Sternschnuppen in die Atmosphäre. Die fielen in diesen Tagen wie Regentropfen. In manchen Nächten konnte man meinen, der ganze Himmel sinke auf die Erde herab, und wenn es keine Sternschnuppen zu sehen gab, dann etwas anderes. Es war viel Bewegung da oben. Satelliten flogen hintereinander her, in exakten Abständen, wie Perlen auf einer Schnur. Flugzeuge waren auch unterwegs. Die roten Lichter blinkten ganz weit oben. Für die Toten, auch für Suse, gab es im Himmel keinen Platz mehr, der war voll mit Weltraumschrott.

Es konnte auch sein, dass sie noch lebte. Möglicherweise saß sie in einem der Flugzeuge, die gerade über den Kamp flogen, nicht ahnend, dass es hier unten Leute gab, die an sie dachten. Vor allem Eddy. Er ging immer noch die Wege, die er und Suse damals gegangen waren. Er stand in den Ruinen der Ställe und Scheunen, in denen sie gemeinsam gearbeitet hatten. Nun wuchsen Birken aus den Fensterlöchern. Er riss sie aus und räumte den Unrat weg, leere Flaschen, Vogelkadaver und Papiermüll von Schnellrestaurants, achtlos weggeworfen. Später kam er dann die alte Straße hoch. Die hörte immer noch drei Kilometer vor dem Ortsschild auf. Wie oft hatte man ihnen versprochen, sie endlich zu reparieren. Über geborstene Betonplatten ging es weiter, vorbei an nassen Wiesen, wo sich Schilfgras im Wind wiegte. Auf einem ausgeblichenen Baumgerippe hockten Kormorane wie Geier. Wer sich nicht auskannte, kehrte hier um, weil er fürchtete, hinter der nächsten Wegbiegung über den Rand zu kippen.

Enne holte das gute Papier aus dem Schrank. Bütten, handgeschöpft. Sie legte sich alles zurecht, Papier und Füller. Dann horchte sie auf das Haus, das heute Nacht in Quinten sang. Suses Ton fehlte. Draußen schlug keine Leine gegen einen Bootsmast, kein Käuzchen schrie, keine Katze jaulte. Der Kamp hielt die Luft an. Vielleicht konnte sie endlich frei sein von den alten Stimmen. Sie wollte ihren Seelenfrieden zurück, nun, wo sich in ihrem Leben wieder etwas bewegte. Eddy wusste noch nichts davon.

Sie schrieb.

Liebe Su…

Die Feder stolperte über eine Delle in der Tischplatte und stanzte ein Loch ins Papier, mitten in den Namen.

Enne schaute fassungslos darauf und drückte mit dem Finger die ausgefranste Stelle glatt. Schöner wurde es dadurch nicht. Sie hätte ein frisches Blatt nehmen können, stattdessen malte sie eine Blume um das Loch, wie damals in der Schule. Daran erinnerte sie sich wieder.

Dann stand Eddy plötzlich in der Küche, wie gerufen. Sie hatte ihn gar nicht gehört. In seinem Gesicht zuckten Schatten, die kamen vom Kerzenlicht, die Flamme tanzte im Luftzug.

»Was sitzt'n hier im Dustern?«, fragte er, ging zum Kühlschrank und öffnete ihn. Er nahm die Milch heraus und trank gleich aus dem Tetrapak. Sie hasste diese Angewohnheit.

»Ich schreibe einen Brief.«

Er kam an den Tisch und blickte ihr über die Schulter. Sie fühlte sich ertappt. Andererseits musste er irgendwann erfahren, was sie vorhatte. Warum nicht jetzt?

»Was hältst du von einer Seebestattung? Also, etwas in der Art.«

Er ging ans Fenster, schaute hinaus. Verlegen und etwas ratlos fuhr sie mit dem Finger über die Tischplatte. Die Scharte, in der sie mit dem Füller hängengeblieben war, ging auf ihre Kappe. Damals hatte Eddy auch in dieser Küche gestanden, vollkommen unerwartet. Reiner Zufall, dass sie hier gewesen war an einem spielfreien Tag. Sie wohnte damals noch in Anklam und arbeitete an dem kleinen Theater. An diesem Tag war sie spontan gekommen, denn es war Erntezeit gewesen. Die Eltern standen auf dem Acker und im Haus blieb viel Arbeit liegen. Sie kochte. Gerade goss sie Kartoffeln für das Mittagessen ab, als Eddy in die Küche kam.

»Schon zurück aus Ungarn?«

Er und Suse waren frisch verlobt, sie hatten sich auf die Reise gefreut.

»Suse ist rüber.«

Sie hatte das für einen Scherz gehalten und gelacht.

»Ja. Klar. Suse haut in den Westen ab.«

»Die ist weg, Enne. Mit den ganzen anderen Leuten. Hat mich einfach stehen lassen.«

Er klang so fassungslos, so ungläubig, dass Enne ihn gern getröstet hätte, aber was er sagte, konnte nicht stimmen.

»Das ist nicht wahr, oder?«

Eddy hatte nur den Kopf geschüttelt.

Da war plötzlich eine Wut in ihr gewesen. Wie konnte Suse nur. Sie alle hier allein zu lassen. Der Topf mit den heißen Kartoffeln war ihr aus den Händen gerutscht, mit der Kante auf die Tischplatte geknallt und hatte die Delle ins Holz geschlagen. Die Kartoffeln waren Eddy in den Schoß gerollt. Wie gut, dass sie das Wasser da schon abgegossen hatte.

Enne starrte wieder auf den angefangenen Brief und die alberne Blume. Sie wusste nicht, womit sie beginnen sollte. So wurde das nichts. Sie musste an den Anfang zurück und sich alles nochmal ins Gedächtnis rufen.

3

Sommer 1974

An einem Samstagabend im Juni reckte Hans Jendrich die Faust zum sozialistischen Gruß. Es war ein ungewohntes Bild. Der Vater ließ die Hände sonst fest in den Hosentaschen, wenn es politisch wurde, egal, zu welcher Seite hin. Er war für keine zu haben. *Kannste alle in einen Sack stecken, triffste immer den Richtigen.*

Dass Enne gute Taten für den Sozialismus vollbringen wollte, wie es im vierten Gebot stand, das nahm er hin. Nur manchmal konnte er sich eine Bemerkung nicht verkneifen. Dass es noch ein elftes Gebot gäbe, nämlich, dass man sich nicht erwischen lassen solle. Er fand das witzig. Enne nicht. Es hatte keinen Sinn, mit dem Vater über eine bessere Gesellschaft zu diskutieren und darüber, dass sie an den Sozialismus glaubte. Überhaupt mussten sie viel Geduld miteinander haben und am besten die Politik außen vor lassen. Das war Ennes ganz persönliches zwölftes Gebot und schwer einzuhalten, denn sie sagte gern, was sie dachte. Als sie ihn noch kurz vor Anpfiff nach einer Spende fragte, wieder mal, denn es wurde in der Schule ständig für irgendetwas gesammelt, Vietnam, Angola, Angela Davis, da drückte er ihr eher widerwillig zwei Mark in die Hand. »Kannst ja mal vorschlagen, dass ihr das nächste Mal für unsere LPG sammelt. Der Trecker macht's nicht mehr lange und ihr schickt das Geld ins Ausland zu diesen Kommunisten!«

»Wenn du das blöd findest, warum gibst du mir dann zwei Mark?«, hatte Enne gefragt.

»Damit du verdammt nochmal keinen Ärger kriegst!«, hatte Lore den Vater verteidigt. Enne nannte ihre Mutter immer nur beim Vornamen, es hatte sich so ergeben. Dass sie sich hinter ihren Mann stellte, kam eher selten vor. Sogar Suse schaute auf.

Enne legte das Geld auf den Tisch. »Das ist doch falsch.«

Der Vater schob es ihr wieder hin. »Freeden un een Kanten Brot«, sagte er. »Das is' alles, was der Mensch braucht. Wirst du auch noch lernen. Und jetzt steck das Geld ein!«

Das reichte Enne nicht als Erklärung. Sie wollte eine bessere Gesellschaft und ihren Beitrag dazu leisten und wenn der Vater das missbilligte, wollte sie sein Geld nicht. Das sagte sie auch, aber außer Suse hörte keiner mehr zu, denn das Spiel wurde gerade angepfiffen.

Enne war kurz davor, zu gehen, sie interessierte sich sowieso nicht besonders für Fußball, aber heute spielte ihre kleine DDR gegen die BRD. David gegen Goliath. Sie entschloss sich, ihren Stolz herunterzuschlucken. Was sollte sie auch sonst machen. Der Kamp war wie leergefegt. Sogar Lore hatte sich dazugesetzt, wo sie doch sonst immer im Haus herumpusselte, wenn der Fernseher lief und der Vater *Willi Schwabes Rumpelkammer* guckte. Heute guckte Lore mit, aber einfach nur dazusitzen, das widerstrebte ihr dann doch. Sie strickte oder besser: Ihre Hände erledigten das von ganz allein. Sie musste nicht einmal hinsehen, wenn eine Masche von der Nadel fiel. Ihre Hände strickten auch noch weiter, als in der siebenundsiebzigsten Minute das Tor fiel, der Vater die Faust reckte und sie selbst den Jubel nicht mehr zurückhalten konnte. Es hatte ja keiner damit gerechnet. Lore sprang auf und strickte auch da weiter. Als sie sich wieder setzte, klapperten die Nadeln immer noch. Sie legte den unfertigen Socken erst beiseite, als sie sah, dass Suse auf dem Sofa eingeschlafen war. Sie deckte sie zu.

Suse schlief viel in diesen Tagen. Etwas stimmte nicht mit ihrem Blut. Die kleine Schwester kränkelte, seit es sie gab. Sie war zu früh auf die Welt gekommen, zu mickrig, zu sonderbar, und sah doch aus wie ein Engel, so dass es einem das Herz brach, sie leiden zu sehen. Suses Augen hatten die Farbe von Bernstein und sie funkelten im Dunklen. Enne wusste das, sie schlief mit ihr in einem Zimmer. Mit diesen Augen hatte Suse die Kreisärztin bei der Schuluntersuchung weichgeguckt, sonst wäre sie nämlich gleich auf die Maka gekommen, wo die Doofen hingingen. Die Kindergärtnerin hatte Lore schon vorgewarnt. Suse sei wahrscheinlich grenzdebil. Die Hilfsschule blieb ihr dann aber doch erspart, dafür musste Enne nun mit der kleinen Schwester das Lesen, Schreiben und Rechnen üben. Aber Suse hörte gar nicht zu, guckte nur in der Gegend herum. Enne wusste nicht, ob sie sie überhaupt verstand. Sie kamen nicht weiter. Einmal wurde Enne so wütend, dass sie Suse schlug. Es war nicht besonders fest, eher ein Patschen, aber Suse fing an zu weinen. Enne auch. Sie wollte das wiedergutmachen. Sie musste ein besserer Mensch werden, so, wie das alle von ihr verlangten. Daran dachte Enne gerade, als die Haustür klappte.

Es kam wohl jemand aus dem Dorf, der mit den Jendrichs feiern wollte. Dabei war das Spiel noch nicht zu Ende. Aber dann war es doch nur Toni. Er stand verschwitzt und keuchend auf der Schwelle. Er ging mit Enne in eine Klasse und wohnte im Nachbardorf.

»Junge! Was machst du denn hier, um diese Zeit?«, fragte Lore, »müsst ihr noch was für die Schule erledigen?«

Er schwieg.

»Na, nu red schon. Oder haste unterwegs deinen Mund verloren?«

Lore meinte es nicht so grob, wie es klang. Sie goss ihm ein Glas Brause ein. Er trank es in einem Zug leer. Noch während er das tat, ging ein Stöhnen durch das ganze Dorf. Man hörte es durch die offenen Fenster bis in die Stube. Der Vater stand schon wieder stramm, dieses Mal ohne Siegerfaust, denn fast hätte es den Ausgleich gegeben.

»Guckste denn gar nich' Fußball zu Hause?«, fragte Lore, die sich wieder gesetzt hatte und strickte.

Toni schüttelte den Kopf. »Interessiert mich nicht so.«

»Na, du bist mir ja einer! Wo *unsere* gegen *die* spielen.«

»Ich bin hier, weil ... also, ich wollte nur fragen, ob ich mal eben mit Enne reden kann.«

»Setz dich her, Junge.«

»Nun seid doch mal ruhig!«

Der Vater rutschte samt Sessel näher an den Fernseher und drehte den Ton lauter. Enne musterte Toni von der Seite. Er hatte sie noch kein einziges Mal angesehen und guckte so ernst. Dabei hatten sie sich letztens das erste Mal geküsst und er hatte ihr gesagt, dass er in sie verknallt war. Enne war es auch.

»Lass uns rausgehen.« So spannend fand sie das Spiel nun auch wieder nicht.

Möwen kreischten über dem Wasser. Toni hatte sein Fahrrad achtlos in die Hecke geworfen, ein Bonanzarad, um das Enne ihn beneidete. Tonis Vater hatte es aus alten Teilen zusammengeschweißt, der konnte sowas. Enne fuhr ein altes Mifa mit kaputtem Tretlager. Toni hatte angeboten, seinen Vater zu fragen, ob er das reparieren konnte. Deshalb war er aber bestimmt nicht gekommen. Sie schlenderten zum Hafen, kein Mensch war unterwegs. Toni machte sie mit seinem Schweigen verrückt, deshalb plapperte sie drauflos, erzählte dies und das, bis er stehen blieb. Sie auch. Er sah ihr fest in die Augen. Sie dachte schon, er wollte sie wieder küssen, aber er fing an zu reden.

»Wenn ich dir was sage, darfst du das keinem weitererzählen. Schwör's!«

Enne hob die Hand und schwor. Es war ein feierlicher Moment.

Er sagte: »Wir hauen ab.«

Sie verstand nicht, was er meinte.

»Wer haut ab?«

»Meine Ollen und ich.«

»Wohin wollt ihr denn?«

»Na wohin wohl!«

Enne kroch etwas Eisiges in die Knochen. Sie hatte mit allem gerechnet, aber nicht damit.

»Das dürft ihr nicht. Das ist doch verboten«, flüsterte sie und sah sich um, ob jemand in der Nähe war und gelauscht hatte. Sie waren allein.

»Glaubst du, das weiß ich nicht?«, sagte Toni.

»Aber dann sehen wir uns nie wieder.«

Toni nickte und Enne fiel die Oma ein, die im letzten Jahr gestorben war. »De is' nich' mehr«, hatte der Vater gesagt. Toni würde auch nicht mehr sein, auf eine andere Art als die Oma, aber es war ebenso traurig. Vielleicht war das sogar noch viel schlimmer. Von der Oma konnte sie das Grab besuchen. Wenn Toni floh, hatte sie nichts, wohin sie gehen konnte. Er durfte auch nicht zu Besuch kommen, wie Tante Magda und Christina. Die lebten drüben und besuchten sie fast jeden Sommer. Magda war hier geboren, im Haus der Jendrichs. Dass sie jetzt im Westen lebte, kam vom Krieg. Irgendwie kam ja alles von diesem bescheuerten Krieg, auch die Mauer.

»Hast du denn gar keine Angst?«, fragte sie.

»Doch.«

Enne versuchte, sich vorzustellen, wie es wäre, wenn sie das Land verlassen müsste. Es gelang ihr nicht. So gingen sie schweigend weiter bis zum Ende der alten Dorfstraße, die in den Steg mündete. Ein paar Boote, auch das der Jendrichs, lagen in dem winzigen Hafen und schaukelten so friedlich vor sich hin, dass Enne Lust bekam, dagegenzutreten.

»Also ich kapier das nicht. Warum wollt ihr denn überhaupt von hier weg?«

»Ist was Politisches.«

»Versteh ich nicht.«

»Ich ja auch nicht.«

Toni setzte sich auf die Planken und ließ den Kopf hängen. »Mich hat jedenfalls keiner gefragt.«

Enne rutschte neben ihn. Sie sahen einer Entenfamilie

zu, die an ihnen vorbeischwamm. Die Küken fiepten, die Entenmutter trieb sie zusammen.

»Kannst du nicht einfach hierbleiben?«

»Und wo soll ich dann wohnen?«

Enne musste sofort an ein Gespräch denken, das Lore kürzlich mit einer Nachbarin geführt hatte. Da war es auch um Leute gegangen, die abgehauen waren, nur hatten die ihre Kinder zurückgelassen.

»Wie Möbelstücke!«, hatte Lore sich empört. Die Kinder waren in eine Pflegefamilie gekommen. Sowas konnten sie doch auch für Toni sein. Lore hätte sicher nichts dagegen.

»Ich frag meine Mutter, ob du bei uns wohnen kannst. Die mag dich sowieso.«

»Meine Eltern wollen aber, dass ich mitkomme.«

»Und was willst du?«

Toni seufzte. »Im Westen hab ich überhaupt keine Freunde. Die finden mich da bestimmt alle blöd. Aber ich kann nichts machen.«

Er riss einen Grashalm aus und warf ihn ins Wasser. Enne gab sich noch nicht geschlagen. »Ich könnte dich verstecken, bis deine Eltern drüben sind. Dann können die nichts mehr machen.«

»Die gehen nicht ohne mich.«

»Ist doch gut. Dann bleiben sie eben hier.«

»Aber dann kommt mein Vater ins Gefängnis.«

»Warum? Was hat er denn getan?«

»Das sagen die mir nicht!«

Sie saßen eine ganze Weile ratlos nebeneinander, bis Enne fragte: »Wissen deine Eltern, dass du hier bist?«

»Natürlich nicht! Wenn die das rauskriegen, dann ...«

»… kriegste Hausarrest?«

Im Dorf brach Jubel los. Das Spiel war zu Ende, die DDR hatte den Klassenfeind besiegt. Heute hielten alle zu ihrem kleinen Land und zu Jürgen Sparwasser, der das Siegestor geschossen hatte.

Enne und Toni starrten in die Peene, die an der Spundwand leckte. Enne wusste nicht, was sie sagen oder tun konnte, damit Toni nicht mehr so traurig war. Sie war es ja auch. Dazu kamen die schlimmen Gedanken. Sie dachte, dass sie, wenn sie eine gute Sozialistin sein wollte, die Flucht melden musste. Aber sie wollte in diesem Moment viel lieber eine gute Freundin sein.

Sie hätte Toni geküsst, wenn sie nicht gewusst hätte, dass es der allerletzte Kuss gewesen wäre. Das brachte sie nicht fertig.

»Ich schreib dir jeden Tag, wie es drüben so ist«, versprach er. »Bestimmt ist es ganz schrecklich.«

»Das machst du eh nicht.«

Er hob die Hand. »Ich schwör's! Weil du meine Freundin bist.«

»Du hast bald andere Freunde.«

»Will ich aber nicht.«

Seine Stimme klang brüchig. Wenn er jetzt anfing zu heulen, dann konnte Enne sich auch nicht mehr beherrschen. Sie legte ihm den Arm um die Schulter und er seinen Kopf auf ihre. Enne dachte, dass er gut roch und dass sie wenigstens das von ihm behalten wollte.

»Lass uns die Pullover tauschen«, schlug sie vor.

Toni richtete sich auf. Der Vorschlag schien ihn nicht zu erstaunen, so, als habe er schon selbst darüber nachgedacht. Er zog den Pullover aus und Enne ihren. Danach saßen sie noch ein bisschen nebeneinander, jeder in den Duft des anderen gehüllt, bis Toni sagte. »Ich muss jetzt los. Die warten bestimmt schon auf mich.«

Sie gingen langsam, trotzdem dauerte es nur wenige Minuten bis zum jendrichschen Haus. Die Dorfstraße war einfach viel zu kurz für endgültige Abschiede.

»Nimmste das mit nach drüben?«, fragte Enne, als sie vor der Hecke standen. Sie zeigte auf das Rad.

»Na, meinste, wir radeln über die Grenze?«

»Da würden die aber gucken.«

Sie mussten lachen, obwohl ihnen nicht danach zumute war.

»Du kannst es dir holen, wenn ich weg bin. Ich lass es draußen stehen.« Toni fasste das Rad am Lenker und zog es aus dem Gebüsch. Er betrachtete es. »Ist echt ein ziemlich gutes Rad.«

»Ja. Ist es.«

»Und ich schreib dir doch, wenn ich drüben bin.«

4

Christina liebte schon als Kind die Stille. Deshalb fuhr sie gerne mit ihrer Mutter in das kleine Fischerdorf in Vorpommern, das niemand kannte. Sie verstand sich gut mit ihren Kusinen Enne und Suse, obwohl Suse irgendwie anders war. Sie faszinierte Christina und ein bisschen fürchtete sie sich vor ihr. Enne war viel eher wie eine Freundin. Mit Onkel Hans verstand sie sich am besten, weil sie mit ihm gut schweigen konnte. Tante Lore ging man besser aus dem Weg. Letztes Jahr konnten sie nur zehn Tage bleiben. In diesem Jahr gönnten sie sich drei lange, herrliche Wochen an der Ostsee. Es hatte schon Jahre gegeben, in denen der Sommerurlaub ganz ausgefallen war, wenn nämlich das Geld nicht ausreichte, um die Ostverwandtschaft zu besuchen. Das lag dann meistens an den *Devisen*. Auf die schimpfte die Mutter ständig und auch auf den *Zwangsumtausch*.

Magda Jendrich drehte jeden Pfennig um. Als *Ungelernte* arbeitete sie in einer Wäscherei. Christina half manchmal aus. Zwei Mark fünfzig die Stunde fürs Tischtücherbefeuchten, -spannen und Hemden zusammenlegen. Das konnte sie schon gut. An die Mangel ließ Magda sie aber nicht ran. Man musste sich nur ihre Hände ansehen, dann wusste man, warum das so war. Die Chefin schaffte keine neue an, sie malte lieber den Teufel an die Wand. Wer wisse schon, wie lange es die Wäscherei noch gebe. Wenn es so weiterginge, müsse sie sowieso bald schließen. Damit drohte sie ihren beiden Angestellten ständig. Weder Magda noch Brigitte gaben etwas darauf. Wenn es danach ginge, wäre ihnen schon hundert Mal gekündigt worden.

Nun dauerte es bis zu den Ferien nur noch wenige Tage. Christina freute sich, auch wenn so ein Urlaub nicht zum Angeben taugte. In den letzten Schulwochen wurde sie immer wieder gefragt, wohin sie denn fahre. Es war ein wichtiges Thema und die meisten konnten etwas aufbieten. Man flog mit den Eltern nach Portugal oder nach Sizilien. Man fuhr mit dem Wohnwagen nach Italien oder an die Nordsee. Hinter den *Eisernen Vorhang* in die *Zone* und zu Verwandten nach *Vorpommern* fuhr nur sie. Die Worte klangen gefährlich nach Krieg und Besatzung und so gar nicht nach Spaß und Erholung. Deshalb erzählte Christina nichts mehr. Nur hatte Herr Thoben, von Beruf Geschichtslehrer und Vertriebener, dann doch Wind davon bekommen, weil Cornelius den Mund nicht halten konnte. »Christina fährt übrigens in die DDR!«

Plötzlich interessierte sich der strenge Lehrer für das blasse Mädchen, das neu in der Klasse war und nicht viel zum Unterricht beitrug. Nun wäre die deutschdeutsche Geschichte noch längst nicht dran gewesen, wenn überhaupt, aber es war die Zeit der Wandertage und Museumsbesuche, in der kein Lehrer mehr wusste, was er mit den Schülern anfangen sollte. Alle Arbeiten waren geschrieben und die Noten standen fest. Also beschloss Herr Thoben, das Thema vorzuziehen. Die verlorenen Ostgebiete, das Verbrechen der Teilung, die Mauer, der

Kalte Krieg. Als er geendet hatte, herrschte vollkommene Stille. Christina blickte in fassungslose Gesichter.

»Wieso fahrt ihr überhaupt da hin?«, fragte Cornelius schließlich. »Das ist ja, wie wenn man Ferien im Gulag macht!«

Woher er solche Worte nur kannte.

»Wir besuchen unsere Verwandten«, antwortete Christina schlicht. »Die können schließlich nicht zu uns kommen.«

Herr Thoben forderte die Klasse nun auf, Fragen zu stellen, aber keiner wollte etwas wissen. Nur Cornelius hob wieder den Finger. Er frage sich, ob es im Osten wirklich keine Bananen gebe.

Niemandem fiel mehr etwas ein, also legte Herr Thoben los. Was denn die Verwandten von dem Staat hielten, in dem sie leben mussten, oder von der Stasi, von der Planwirtschaft, vom Sozialismus? Die Klasse wurde unruhig, aber er ließ nicht locker. Nun hatte Christina während der Besuche und auch von der Mutter einiges aufgeschnappt. Sie schlug sich gar nicht mal so schlecht, weil sie wusste, was sie besser nicht erzählen sollte, nämlich dass sie sich auf den Urlaub freute, dass sie gerne bei den Verwandten war und dass sie sich *drüben* fast mehr zu Hause fühlte als hier. Sie sagte auch nicht, dass ihr die Ausflüge an die Mecklenburger Seen gefielen, dass sie die Landschaft schön fand und die Leute gernhatte. Sie verschwieg, dass sie die Ostsee liebte und die Nordsee fürchtete, seit Herr Thoben sich mit der Klasse auf einer Wattwanderung verlaufen hatte. Es war gerade nochmal gut gegangen. Das Wetter war die ganze Zeit über rau gewesen und die Nordsee kabbelig. Die Ostsee war geduldiger. Wenn sie an den endlosen Sandstränden von Usedom stand, nachdem Onkel Hans sie mal wieder mit dem Boot übergesetzt hatte, dann fand sie, dass es nirgendwo herrlicher sein konnte. Außerdem gab es den besten Marzipankuchen der Welt. Wozu dann noch nach Spanien fahren?

Christina dachte oft, dass sie viel eher dorthin gehörte als in die graue Stadt an der Ruhr. Sie hatte die Mutter einmal gefragt, ob sie nicht einfach bleiben konnten. Magda kam doch von da. Sie kannte die Leute und konnte bestimmt in der LPG anfangen. Die Arbeit in der Wäscherei gefiel ihr sowieso schon lange nicht mehr.

»Lass das bloß keinen hören!«, hatte die Mutter geantwortet und den Kopf geschüttelt, als sei das eine unanständige Frage. »Auf was für Ideen du kommst. Hier ist doch nichts!«

Ebendas war es, was sie so mochte. Die Stille. Das Nichts. Wobei das mit dem *Nichts* nicht stimmte. Es gab einen Dorfkonsum, in dem man das Nötigste einkaufen konnte. Davon erzählte sie auch Herrn Thoben, weil er das bestimmt hören wollte. Sie berichtete auch vom Kulturhaus, aber nicht, dass sie dort italienische Nächte feierten, mit bunten Lampions und Musik, dass getanzt wurde und manchmal einer mit ihr schäkerte. Sie sagte auch nichts von der fast unberührten Natur und der frischen Luft. Für Herrn Thoben war die DDR ein graues, verpestetes Land und es gab dort ja auch solche Gegenden. Tante Lore hatte davon erzählt. Nur lebte sie hier auch in einem Viertel, in dem die Wäsche an manchen Tagen vom Kohlenstaub ganz grau wurde. An die wenigen Bäume pinkelten die Hunde. Es existierte ein langweiliger Park mit Nadelbäumen und verwahrlosten Grünflächen. Hier wohnten alleinerziehende Mütter, Alte, Kriegsversehrte und Gastarbeiter, weil die Häuser alt waren und die Wohnungen billig. Sie war mit türkischen, griechischen und jugoslawischen Kindern aufgewachsen. Sie konnte ein paar Brocken von allen diesen Sprachen und kannte exotische Gerichte, Cevapcici, Köfte oder Gyros. Das kochten die Mütter ihrer ehemaligen Freunde, mit denen sie die Brachflächen belagert und in der alten Schlosserei die ersten Zigaretten geraucht hatte. Es war eine aufregende Zeit gewesen. Alles ein bisschen zu viel, zu laut, zu durcheinander, aber das lag an ihr. Die Mutter behauptete, sie sei viel zu empfindlich. Nun ging sie auf die *Bonzenschule* und stand auf noch dünnerem Eis. Sie wäre lieber weiter mit ihren alten Freunden zusammengeblieben und am Ende Floristin geworden. Christina mochte Blumen. Aber eine eifrige Lehrerin hatte die Mutter überredet, sie auf die höhere Schule zu schicken. Aus ihrem Viertel ging sonst keiner da hin und ihre Freunde hatten sie gewarnt. Mit ihnen werde sie dann nichts mehr zu tun haben wollen. Sie wollte aber doch, nur war es nicht mehr dasselbe. Hier wie dort gehörte sie nicht dazu. Die alten Freunde begegneten ihr mit Misstrauen, die Neuen gar nicht. Die lebten in grünen Vororten und in hellen Häusern mit großen Gärten. Sie gingen nachmittags in die Musikschule, zum Ballett oder zum Tennis und am Wochenende ins Theater. Einmal hatten Cornelius' Eltern sie in die Oper eingeladen. Sie war aus Höflichkeit mitgegangen. Es war ein Desaster gewesen. Mitten im ersten Akt hatte sie die Tüte Gummibärchen ausgepackt, so kannte sie das aus der Kindervorstellung im Kino, Sonntagnachmittag, fünfzig Pfennig Eintritt. Magda hatte ihr noch gesagt, dass sie allen davon abgeben solle, wenn die Familie schon so freundlich war, sie mitzunehmen, und hatte extra die guten von Haribo gekauft.

Ihre Plätze waren ganz vorne gewesen, direkt vor der Bühne des kleinen Stadttheaters. Erste Reihe, Mitte links. Als sie die Tüte aufriss, gab es da plötzlich ein Gezische und dann wurde es still im Theater. Der Sänger war an die Rampe gekommen und hatte sie persönlich angeschrien.

Cornelius fand das lustig. Seine Eltern nicht.

Andere Besuche hatte sie mit Mühe hinter sich gebracht, denn in den hellen Häusern wählte man Worte, die sie nicht kannte und lebte überhaupt nach anderen Regeln. Dass man sich vor dem Essen die Hände wusch, wusste sie nicht. Zu fragen, wenn sie etwas nicht verstand, traute sie sich auch nicht, denn *wer viel fragt, der viel irrt.* Solche Sprüche hatte sie von Magda. Also schwieg sie, weil sie ihrer Sprache sowieso misstraute und weil sie sich für ihre Unwissenheit schämte. In der Klasse galt sie bald als verstockt und langweilig und keiner lud sie mehr ein. Das war gut so. Jemanden mit zu sich zu nehmen, darauf kam sie gar nicht erst. Sie hatte ja nicht einmal ein eigenes Zimmer. Ein Kleiderschrank teilte die Schlafkammer, die hintere Hälfte gehörte ihr, die vordere der Mutter. Die geteilte Kammer lag überdies auf der anderen Seite des Hausflurs, abgetrennt vom Rest der Wohnung. Wenn Christina nachts raus musste, kam es vor, dass sie dem Hausmeister in die Arme lief. Der hatte die Wohnung nach hinten raus, hielt aber Wache und fand sie im Nachthemd ganz appetitlich. Auf dem Rückweg in die Kammer stand er oft im Flur, glotzte und machte dumme Sprüche. Magda hatte ihm schon ein paar Mal die Meinung gegeigt. Danach ging der Ärger richtig los. Er drohte, er werde dafür sorgen, dass sie rausflogen. Dann konnten sie zusehen, wo sie abblieben! Wahrscheinlich in der Gosse! Da gehörten Leute wie sie auch hin!

Eine Kündigung kam nie, es war immer das gleiche Theater.

Die Mutter arbeitete ständig. Klagen hörte man sie selten, nur manchmal hatte sie *Nervenschmerzen*. Dann musste Christina für sie zur Apotheke gehen, um Pillen zu holen. Der Apotheker wusste schon, was die Mutter brauchte, damit sie bis zum nächsten Urlaub durchhielt. Manchmal reichte eine Flasche Klosterfrau Melissengeist, hin und wieder brauchte sie etwas Stärkeres. Wenn es dann wieder in den Urlaub ging, wenn sie die Grenze erstmal hinter sich hatten und auch die strengen Kontrollen, dann blühte die Mutter auf. Dann wurde sie ein anderer Mensch, großzügig und heiter. Mit Ostmark warf sie nur so um sich, das war aufregend und peinlich zugleich.

Magda ging mit Lore einkaufen, und zwar in die guten Läden. Exquisit und Delikat. Sie gingen auch in den Intershop und Magda kaufte für jeden etwas. Für Enne einen Tintenkiller, Brause für Suse, Westzigaretten für Hans, Kaffee für Lore. Magda besorgte sich später im HO ihre Cabinet-Zigaretten und ging auch gleich zum Friseur, um ihren Kopf mal wieder in Fasson bringen zu lassen. Sie schwor auf die gute Ostdauerwelle, hier hatten sie die bessere Chemie.

Zu Hause ging sie nie zum Friseur, das verkniff sie sich. Stattdessen traf sie sich mit ihrer Arbeitskollegin zum Dauerwellensamstag. Die Frauen drehten sich gegenseitig die Haare ein und gönnten sich dabei den einen oder anderen Likör und zu besonderen Gelegenheiten einen Fabersekt. Im Frühjahr war Christina vierzehn geworden, nun bekam sie schon mal ein Gläschen ab.

Normalerweise fand die Prozedur in der Küche statt, wegen der Sauerei mit der Chemie, aber den letzten Dauerwellensamstag hatten sie ausnahmsweise in der Stube zugebracht, weil Magda das Fußballspiel nicht verpassen wollte. BRD gegen DDR.

»Für wen bist du eigentlich?«, fragte Brigitte.

»Für Deutschland natürlich!«

Später, als der Eckes schon fast leer war und die Stimmung gelöst, hatten sie versucht, Christina zu ihrer ersten Dauerwelle zu überreden, als Einstand ins Frausein und weil die Einheitslockenfrisur zum Initiationsritus dazugehörte. Nur wollte Christina nicht aussehen wie ein Pudel. In der Schule hätten die anderen wieder einen Grund zum Spotten. Außerdem hatte sie vor Augen, was mit der Zeit daraus wurde. Haare wie Stroh. Sie konnte auch den Gestank nicht ertragen, wenn Magda und Brigitte sich das Zeug nach Gefühl über die Wickler kippten, weil sie die kostbare freie Zeit nicht mit dem Lesen von Gebrauchsanweisungen vergeuden wollten. Die Wattewurst gab dem Ganzen den professionellen Anstrich. Die wurde mit Vaseline rund um die Lockenwicklerkrone gepappt, um zu verhindern, dass ihnen die Brühe in Augen und Ohren floss. Der echte Friseur machte das auch. Abwechselnd ging es dann unter die Trockenhaube. Die stotterten sie gemeinsam bei Quelle ab. Später, beim Auskämmen, stellte sich dann heraus, ob sie bei der Dosierung Augenmaß bewiesen hatten. Hielten die Locken, konnte der Abend lang werden. Hielten sie nicht, dann erst recht.

Heute hatte Brigitte sich verschätzt, vielleicht lag es am Fußballspiel, das sie beide abgelenkt hatte. Jedenfalls fielen Magdas Locken in sich zusammen. Sie machte sich nicht viel daraus, denn so war das Leben. Gelassen holte sie das Kopftuch aus dem Schrank. Bald waren sie wieder *drüben*, da konnte sie sich die Katastrophe richten lassen.

Es wurde ein langer und lustiger Abend. Nach der zweiten Flasche Eckes musste Brigitte sich von ihrem Mann abholen lassen.

Zwei Tage später saß Christina mit der Mutter in der Stube, der Fernseher lief, sie sahen die Nachrichten. Es ging mal wieder um Fußball, aber zunächst um eine spektakuläre Flucht. Eine dreiköpfige Familie. In einem selbstgenähten Fesselballon waren sie über die Grenze geflogen. Vater, Mutter, Sohn. Sie lachten erleichtert in die Kamera.

»Ich weiß nicht, der kommt mir irgendwie bekannt vor, aber ich komm nicht drauf.« Magda zeigte auf den Jungen, der zwischen seinen Eltern stand.

»Das ist Toni.« Christina hatte ihn bei ihrem letzten Besuch kennengelernt. Er ging mit Enne in eine Klasse. Die hatte damals schon für ihn geschwärmt. Er war mit ihnen beiden schwimmen gegangen.

»Ich muss Enne schreiben«, sagte Christina und stand schon vom Tisch auf, aber Magda hielt sie zurück.

»Das lass mal schön bleiben. Die sehen das selbst im Fernsehen.«

»Ja, wenn das Wetter passt.«

Am besten war der Empfang bei Nebel.

»Lass mich das machen«, sagte Magda. »Ich muss sowieso mal wieder ein Paket schicken.«

5

Enne hatte Tonis Pullover in die Wäsche gestopft, nur um ihn anschließend wieder herauszuholen. Das hatte sie in den vergangenen Wochen schon ein paar Mal gemacht, immer in allerletzter Sekunde, bevor Lore die Maschine anstellen konnte. Trotzdem roch der Pullover nur noch schwach nach Toni, sein Duft verschwand, aber ein bisschen war noch da von ihm. Enne wusste nicht, was sie tun sollte, denn Toni hatte sein Wort gebrochen. Nicht einmal eine Karte war gekommen und keiner wusste, wo er abgeblieben war. Lore vermutete, dass die Post einkassiert wurde, schließlich war Toni ein Republikflüchtling wie seine Eltern.

»Oder sie sind erwischt worden«, meinte der Vater. »Dann haben sie ihn ins Heim gesteckt.«

»Aber Toni wollte nicht weg. Das ist sowas von ungerecht!«

Der Vater lachte. »So is dat ganze Leeven. Musst ihn vergessen, Lütte. Red nicht mehr drüber. Wer rübermacht, ist weg, so oder so.«

Ganz wollte Enne das noch nicht glauben, darum lag der Pullover jetzt in einer Plastetüte in der hintersten Schrankecke. Sie hätte sich gerne mit jemandem darüber gestritten, weil es sie wütend machte, nur sollte hier besser geschwiegen werden. Die Sache war heikel. Deshalb versuchte sie nun, sich auf das Paket zu konzentrieren, das Magda geschickt hatte, um auf andere Gedanken zu kommen. Es war ein besonders dickes Paket. Die Tante schickte Sachen voraus, damit sie nicht so viel in der Bahn mitschleppen mussten. *Geschenksendung. Keine Handelsware.* Diejenigen, die das Paket kontrollierten, mussten nur kurz unter das braune Packpapier gucken, um zu sehen, dass das stimmte. Darunter war es nämlich hübsch in buntes Geschenkpapier gewickelt. Magda gab sich immer viel Mühe, alles schön zu machen.

Suse saß auf der Küchenbank und warf nur hin und wieder einen müden Blick auf das Paket. Lore hatte es auf den Tisch gestellt, löste zuerst das Band und danach die Klebestreifen, damit man das schöne Geschenkpapier nochmal verwenden konnte. Dunkelrote Rosen auf hellblauem Grund. Lore faltete es sorgfältig zusammen und legte es in die Schublade zu den anderen Bögen. An Geburtstagen, zu Weihnachten oder anderen Gelegenheiten konnte man es wieder hervorholen.

Enne wurde von Suse abgelenkt. Die träumte, ihr Blick war leer. Sie hielt Ennes alten Teddy fest, drehte ihn immer wieder auf den Kopf, weil er dann brummte. Sie merkte wohl selbst nicht, was sie da tat. Enne ging das Gebrumme auf die Nerven.

»Kannst du das mal lassen?«

Suse machte weiter. Enne riss ihr den Teddy aus den Händen.

»Der gehört sowieso mir!«

»Enne! Du bist doch viel zu groß dafür.« Lore nahm den Teddy an sich und gab ihn Suse zurück. Immer bekam Suse ihren Willen. Wegen dieser Krankheit. Andererseits hatte Lore recht. Mit elf spielte man nicht mehr mit Stofftieren. Nur hing Enne an dem ollen Ding, das war nun einmal so. Gerade jetzt konnte sie Trost gebrauchen, wegen Toni und weil er nicht schrieb.

Lore hatte begonnen, den Karton zu öffnen, sehr vorsichtig, als erwarte sie, darin junge Katzen zu finden. Die Pappe roch unangenehm, das kam vor. Magda nahm gebrauchte Kartons aus dem Discounter. Da konnte alles Mögliche drin gewesen sein.

Obenauf lag, wie immer, eine Postkarte. Lore las laut vor.

»Grüße von Tante Magda.« Sie las leise weiter und seufzte. »Nächste Woche kommen die schon.«

Als ob sie das nicht wüssten. Der Besuch war lange ausgemacht und eigentlich freuten sich alle. Lore vielleicht ein bisschen weniger, denn sie hatte die ganze Arbeit und Suse, die wieder kränkelte. Lore schleppte sie zu den Ärzten, die mal wieder ratlos waren. Dieses Kind wollte in kein gängiges Muster passen. Kein Arzt hatte bislang eine sichere Diagnose gestellt. In der Schule lief es auch nicht gut. Es war alles nicht so einfach und zehrte an den Nerven. Die Eltern hatten sich die letzten Abende öfter gestritten.

»Wie soll ich das alles schaffen? Die Arbeit, Suse, Magda mit ihrem lauten Organ. Ich seh mich schon am Fenster sitzen. Auf, zu, auf, zu! Und du kriegst das Maul nicht auf!«

In einem Punkt hatte Lore recht. Wenn Magda da war, ging es immer hoch her. Sie posaunte ihre Meinung in die Welt hinaus, dass es bis hinter Usedom zu hören war.

»Wie Enne! Ihr seid euch so ähnlich!«, hatte Lore beim letzten Besuch gesagt. Enne fand, das war ein Kompliment. Sie mochte die Tante, auch wenn sie nicht immer einer Meinung waren. Man konnte so herrlich mit ihr streiten. Beim *Iwan* zum Beispiel gingen die Ansichten sehr weit auseinander. Wenn Magda über das Brudervolk herzog und Enne dagegenhielt, schloss Lore schnell das Fenster und öffnete es erst wieder, wenn der *Ami* an der Reihe war. Enne hatte Magda bei ihrem letzten Besuch von Angela Davis erzählt und dass *die Amis* sie eingesperrt hatten. Enne hatte sich, wie die ganze Klasse auch, mächtig ins Zeug gelegt, damit die Davis wieder freikam. Sie half, wo sie konnte, sie setzte sich gerne ein, wozu war sie sonst Pionierin? Aber ausgerechnet für Angela Davis? Da hörte Magdas Verständnis auf. Die sei eine Kriminelle und säße zu Recht im Knast.

»Brauchste dir nur die Frisur angucken, wenn das überhaupt eine ist!«

Fenster zu, Fenster auf, Fenster zu.

Magda brachte Leben ins Haus, das gefiel Enne, trotz aller Widersprüche. Sie war laut und lustig, selbst wenn Lore verlangte, dass sie alle auf Socken durchs Haus schlichen, wenn Suse ihren Mittagsschlaf machte. Magda hielt sich nicht daran.

»Du darfst die Kleine nicht verzärteln«, hatte sie Lore im letzten Jahr schon geraten. »Die braucht vor allem frischen Wind um die Ohren! Wenn ich könnte, würde ich sie mitnehmen. Nach einem Jahr erkennst du sie nicht wieder.«

Wenn man sich allerdings Christina anguckte, konnte man zweifeln, dass das stimmte. Sie glich ihrer zupackenden Mutter kein bisschen. Blasse Haut, blasse Haare, blasse Stimme. Sie träumte zu viel. Wie Suse. Enne dachte manchmal, dass sie mit Christina die Familie tauschen sollte, nur würde das heißen, dass sie mit Magda in die graue Stadt gehen müsste. Dafür bekäme sie keine Genehmigung.

Lore hatte Magdas Karte endlich zu Ende gelesen. Sie reichte sie an den Vater weiter. »Hier. Sollst sie vom Bahnhof abholen.«

Sie wandte sich wieder dem Paket und seinem Inhalt zu. Jedes Stück hob sie heraus, als sei es zerbrechlich, und begutachtete es sorgfältig. Kaffee, Kakao, Klamotten. Sie machte das immer gerne, aber dieses Mal störte sie etwas.

»Möchte mal wissen, was hier so nach Fisch riecht.«

Gerade hob sie einen Plastebeutel heraus, der ziemlich weit unten gelegen hatte. Sie betrachtete das blauweiße Muster und verzog das Gesicht. »Da haben wir's. Meine Güte, jetzt ist sie endgültig übergeschnappt.«

Lore ging mit der Tüte zum Ausguss und schüttete den Inhalt hinein. Etwas fiel heraus, es war in Zeitungspapier eingewickelt. Magda wusste, dass es verboten war, Westzeitungen zu schicken. Sie kannte die Bestimmungen. Nur war dieses Blatt schwarz vom Öl und kaum noch als Zeitungsseite zu erkennen. Lore fasste das Papier mit spitzen Fingern und hob es hoch. Eine geräucherte Makrele fiel heraus, vom Geruch her nicht mehr ganz frisch. Sie hatte ja auch eine lange Reise hinter sich.

Lore stopfte den Fisch zurück in die Tüte. Sonst hätte sie die noch gebrauchen können, aber der Gestank war zu stark. Sie warf alles in den Eimer und die Zeitung gleich hinterher. Enne zog sie wieder hervor.

»Was machst du denn!«

»Da war was.«

Sie hatte etwas gesehen oder zumindest gemeint, dass da etwas war. Wahrscheinlich irrte sie sich. Sie legte das Blatt auf den Küchentisch und strich es glatt.

Lore protestierte. »Nimm die schettrige Zeitung da weg!«

Aber Enne ließ sich nicht abbringen. Sie betrachtete das Foto, das über die halbe Zeitungsseite ging, nicht mehr deutlich zu erkennen, aber wenn man genau hinsah, dann doch. Darunter stand in riesigen, ehemals roten Buchstaben: »Geglückte Flucht. Familie entkommt mit Fesselballon.«

»Das ist Toni«, stellte Enne fest und ihr wurde ganz kalt. Auf dem fettdurchtränkten Papier war er gerade noch zu erkennen, seine Eltern aber kaum noch.

Lore guckte nun auch. »Darum also.«

Bei ihrem letzten Besuch war Magda Toni kurz begegnet. Sie musste ihn wiedererkannt haben. Zumindest wusste Enne jetzt, dass sie es geschafft hatten. In ihr wuchs eine wilde Hoffnung. Vielleicht wusste Tante Magda, wo er abgeblieben war. Es gab dort Lager, in denen die Flüchtlinge untergebracht wurden, bis sie eine Wohnung und eine Arbeit gefunden hatten. Enne wünschte sich, dass die Tage nun schnell vergingen, damit sie die Tante fragen konnte, aber Suse kam dazwischen. Es ging ihr immer schlechter. Sie musste in die Klinik. Sie bekam Infusionen. Es sah nicht gut aus. Lore hatte für nichts mehr Zeit, sie besuchte Suse nun jeden Tag. Sie kannte eine der Schwestern, die ließ sie am Hintereingang rein, wenn sie Schicht hatte. Die offiziellen Besuchszeiten reichten kaum, um frische Wäsche zu bringen und ein bisschen

Trost. Dazu kam noch, dass Lore den Rest der Zeit auf dem Feld stand, denn es war Erntezeit. Sie arbeitete in der Pflanzenproduktion, wie die meisten hier. Enne konnte sie nicht zu Suse schicken, die war noch keine vierzehn, und der Vater weigerte sich, ein Krankenhaus zu betreten. Es läge am Geruch.

Lore machte das fuchsteufelswild. Sie fluchte und sagte wohl zum tausendsten Mal, dass sie wohl allen Grund habe, den Besuch abzusagen, weil sie sich nämlich nicht zerreißen könne, wo doch sowieso alles an ihr hängenblieb. Wieder stritten sie, aber es war kein guter Streit und er dauerte die halbe Nacht.

6

Enne hatte sich damals, als sie Suse geschlagen hatte, vorgenommen, ein guter Mensch zu werden. Das war nun schon einige Zeit her. An den Vorsatz erinnerte sie sich, als Frau Kuhlmann nach Suse fragte.

»Du kannst mir sicher erzählen, wie es deiner kleinen Schwester geht?«

Sie klang besorgt. Frau Kuhlmann mochte Suse, weil sie ein freundlicher Mensch war. Sie mochte auch Enne und überhaupt alle Kinder, denen sie das Gärtnern beibrachte. Sie kümmerte sich nämlich um den Schulgarten. Auf ihre Frage wusste Enne jedoch keine Antwort, das wurde ihr erst jetzt klar. Es lag nicht daran, dass es sie nicht interessierte. Es redete nur keiner mit ihr und weil Suse schon so oft in der Klinik gewesen war und Enne nie gewusst hatte, wie es ihr ging, hatte sie das auch dieses Mal so hingenommen. Nur war die Sache jetzt ernst. Sie machte sich Vorwürfe, dass sie Lore nicht gefragt hatte. Das machte man doch als große Schwester.

»Ich weiß es nicht«, sagte sie so leise, dass Frau Kuhlmann noch einmal nachfragte.

»Es ist etwas mit dem Blut. Mehr weiß ich nicht. Es tut mir leid.«

»Das ist schade«, sagte Frau Kuhlmann in einem Ton, der sich für Enne wie eine Ohrfeige anfühlte.

Lore weinte jetzt oft heimlich und Enne fürchtete das

erste Mal, dass Suse vielleicht sterben musste. Sie dachte das nur, aber Frau Kuhlmanns Blick wurde weich. Sie strich Enne über den Kopf.

»Du musst sehr traurig sein.«

Das musste sie wohl, aber sie konnte nicht. Oder fühlte sich Trauer an wie ein Stein im Leib? Es hatte womöglich auch mit Toni zu tun, der nicht schrieb, und mit der blöden Makrele. Enne wusste selbst nicht, was mit ihr los war. Vielleicht wurde sie *komisch*, so wie Alma von gegenüber, von der der Vater sagte, sie sei *mallerig.*

»Es wird schon alles gut werden«, versuchte Frau Kuhlmann sie zu trösten, weil sie Ennes Verwirrung wohl bemerkte, aber missverstand. »Wenn du dich aussprechen möchtest, kannst du immer zu mir kommen.«

Enne bedankte sich höflich, aber sie würde sich keiner Lehrerin anvertrauen, so viel war sicher, denn dann müsste sie über ihre Wut reden und darüber, dass sie Suse geschlagen hatte. Auch dass sie Toni nicht hatte überreden können zu bleiben, müsste sie zugeben. Sie hatte versagt. Sie fühlte sich klein und schäbig, weil sie niemals ein guter Mensch werden würde. Sie sollte ein Vorbild sein, wie sich das für eine große Schwester gehörte, aber sie war schwach. Es wurde höchste Zeit, das zu ändern.

Auf dem Heimweg von der Schule überlegte sie, mit welcher guten Tat sie ihr besseres Leben beginnen konnte. Am liebsten hätte sie Suse besucht, um ihr zu sagen, dass das mit dem Teddy in Ordnung ging und dass sie ihn so oft brummen lassen konnte, wie sie wollte. Aber sie war noch keine vierzehn und durfte nicht zu ihr.

Was sonst? Altstoffsammlung am Wochenende? Klinkenputzen für irgendeine gute Sache? Das machten alle und es war viel zu einfach. Es musste eine schwierige Aufgabe sein, eine, vor der alle zurückschreckten. Wieder fiel ihr Alma ein. Die wohnte direkt gegenüber in dem alten Haus mit den klappernden Fenstern. Sie ließ sich selten im Dorf blicken und keiner wollte so recht etwas mit ihr zu tun haben. Enne vermutete, dass es an den Schuhen lag. Braune Stiefeletten, vorne mit Klebeband zugeklebt, damit die großen Zehen nicht aus den Löchern herausschauten, aber sonst glattgewienert, so dass das Leder glänzte. Sie trug Kleidung wie aus einem alten Film und war so arm wie eine Kirchenmaus, obwohl das gar nicht sein durfte. Sowas gab es *drüben*, aber nicht hier.

Es war nicht so, dass sich keiner um sie scherte. Lore hatte Enne vor Monaten mit einem Paar Halbschuhe rübergeschickt, die kamen von Magda, passten aber keinem. Imitiertes Schlangenleder und Keilabsatz, sehr besonders. Manchmal schickte die Tante seltsame Dinge, die sie irgendwo auftrieb. Enne hatte Alma die Schuhe vor die Tür gestellt, weil sie nie öffnete. Am nächsten Tag standen sie wieder vor dem jendrichschen Haus, sauber geputzt und in Papier gewickelt. Lore hatte kein Wort mehr darüber verloren.

Daran dachte Enne, als sie ihre Schultasche in das leere Haus brachte. Die Eltern arbeiteten, Suse lag in der Klinik. Die Zeit war günstig, niemand würde etwas merken.

Sie ging gleich rüber zu Alma und klopfte.

»Hallo? Alma? Bist du da?«

Enne hörte Schritte. Alma öffnete nicht, sie blieb hinter der Tür stehen.

»Wer ist da!«

»Enne. Von gegenüber. Ich wollte fragen, ob …«

Alma ließ sie gar nicht ausreden, sie sagte, sie habe kein Altpapier und auch sonst nichts, das sie hergeben könne.

»Ich komme nicht deswegen!«, rief Enne und klopfte noch einmal. »Ich möchte mit dir reden. Bitte! Ich möchte dir gerne helfen!«

Alma sagte lange nichts. Enne bildete sich ein, sie hinter der Tür atmen zu hören.

»Ist das wieder so ein blöder Streich von euch Gören?«

»Ich könnte für dich einkaufen gehen. Oder den Garten machen!«

Einen Moment lang herrschte Stille, dann wurde ein Schlüssel umgedreht und Alma öffnete die Tür. Zum ersten Mal sah Enne sie von nahem. Das feine Gesicht, mit Runzeln übersät, aber immer noch schön, die hellblauen Augen, das spitze Kinn, an dessen Unterseite ein heller Flaum im Gegenlicht schimmerte.

»Helfen?«, wiederholte Alma.

»Ja. Das … würde ich gern. Also, wenn …«

»Warum?«

»Weil ich …« Enne fing an zu stottern. Ihr Hals fühlte sich an wie zugeschwollen. Sie flüsterte: »Weil ich ein guter Mensch werden will.«

Alma musterte sie von oben bis unten. »Ich kenne deine Schwester. Ihr seid euch überhaupt nicht ähnlich. Kommt vor bei Geschwistern.«

Bevor Enne etwas sagen konnte, ging sie ins Haus und kam mit einer Süßtafel zurück.

»Teilt euch die. Und grüß mir Suse. Sie soll mich mal wieder besuchen.«

Alma schloss die Tür, bevor Enne fragen konnte, was das »mal wieder« in dem letzten Satz zu bedeuten hatte, und bevor sie sagen konnte, dass Suse in der Klinik lag. Sie ging nach Hause. War sie nun ein besserer Mensch geworden? Es fühlte sich nicht so an, denn sie hatte ja nichts getan. Sie musste sich noch weiter und mehr anstrengen.

Als Lore am Abend aus der Klinik kam, hatte Enne die Wäsche zusammengelegt, sich im Bügeln versucht und die Suppe vom Vortag auf den Herd gestellt, sogar eingedeckt hatte sie. Nun saß sie am Tisch und las in einem von Lores Blaulichtheften. Da stand die Mutter am Herd wie hergezaubert. »Riechst du das denn nicht!«

»Was?«

Enne sah verwirrt auf. Sie war so vertieft gewesen in die Geschichte, dass sie nichts bemerkt hatte. Lore, noch im Mantel, riss den Topf vom Herd, kippte die Suppe in den Ausguss und jammerte, dass ihr bester Topf nicht mehr zu gebrauchen sei. Ein Hochzeitsgeschenk! Vorkriegsware! Enne saß da, mit schlechtem Gewissen. Sie sah zu, wie Lore mit einem Messer auf den Topfboden einstach. Statt auf die Suppe aufzupassen, hatte sie gelesen. Lore schickte sie nach oben ins Zimmer. Es würde heute nichts für sie zu essen geben, und ihr war der Appetit sowieso vergangen. Sie würde nie ein besserer Mensch werden.

Sie legte sich aufs Bett. Irgendwann musste sie eingeschlafen sein, denn sie wachte vom Streit der Eltern wieder auf. Es war Nacht und sie hörte Namen. Magda und Christina. Auch Suse kam in dem Streit vor. Enne nicht.

Durch die dünne Decke verstand sie undeutlich, was unten geredet wurde, laut genug waren sie. Lore weinte. Der Vater verließ das Haus. Enne hörte, wie die Haustür ins Schloss fiel. Sie ahnte, wohin er ging, nämlich zu Albrecht, der ein Telefon hatte. Es war so weit. Er würde bei Magda anrufen und den Besuch absagen.

Enne setzte sich auf und starrte auf Suses leeres Bett. Ihr kam ein ungeheuerlicher Gedanke. Was, wenn Suse schon gestorben war? Wenn Lore deswegen weinte und der Vater zu Albrecht ging? Ihr wurde ganz schwindlig. Sie wusste nicht, was sie tun sollte. Beten? Die Kirchlichen machten das in solchen Fällen. Sie wusste auch, wie das ging. Sie konnte es wenigstens versuchen. *Lieber Gott, bitte mach, dass Suse nicht tot ist. Und mach bitte auch, dass Tante Magda und Christina doch noch kommen. Und dass Toni mir endlich schreibt.*

Es wirkte. Das dreifache Wunder geschah. Am nächsten Abend saßen sie am Tisch und Lore berichtete, dass die Infusionen endlich anschlugen. Suse ging es schon viel besser. Der Vater ging noch einmal rüber zum Nachbarn und telefonierte ein zweites Mal. Als er zurückkehrte, meinte er, dass Magda die Bahnkarten gerade hatte zurückgeben wollen. Sie hatte den Mantel schon angehabt. Nun würden sie natürlich kommen.

Zu allem Überfluss steckte am nächsten Tag eine Postkarte von Toni im Briefkasten. Vorne war eine Burg abgebildet. *Zons am Rhein*. Das klang ziemlich exotisch. Es gab so viele Orte, von denen Enne noch nie gehört hatte.

Die Burg sah schön aus. Sie drehte die Karte um. Hinten standen nur wenige handgeschriebene Worte.

Liebe Enne, mir geht es gut, mehr kann ich nicht schreiben, Grüße, T.

Enne las das so oft, bis es zum Ohrwurm geworden war. Sie drehte und wendete die Karte, versuchte sie aufzuklappen und hielt sie über eine brennende Kerze, um zu prüfen, ob Toni eine Geheimschrift verwendet hatte. Zitronensaft oder Zwiebeln. Aber da war nichts, außer diesen elenden Worten. Er hätte genauso gut eine leere Karte schicken können oder nichts. Enne stopfte sie in die Tüte zu Tonis Pullover, der aufgehört hatte, nach ihm zu riechen.

Am Samstag holte der Vater den Besuch vom Bahnhof ab. Am Abend saßen sie zusammen in der guten Stube, Christina und Enne auf dem Sofa mit Brause und Keksen, Magda und der Vater in den Sesseln, Lore auf dem Stuhl am offenen Fenster, damit sie eingreifen konnte, wenn es brenzlig wurde. Der Abend war lau, von Regen keine Spur. Magda wollte ihr Kopftuch nicht ablegen.

»Ist das jetzt Mode bei euch?«, fragte der Vater.

»Also bei uns trägt man das auf dem Acker«, meinte Lore.

Magda seufzte. »Oder wenn die Arbeitskollegin einem den Kopf versaut hat.« Sie nahm das Kopftuch ab und die Dauerwellenkatastrophe kam zum Vorschein. Die Haare lagen platt am Kopf. Es tat gut, wieder lachen zu dürfen.

Christina blieb ernst. Sie lachte überhaupt selten und

es wollte kein rechtes Gespräch zwischen den Mädchen zustande kommen. Ein ganzes, langes Jahr lag zwischen ihnen und war nicht leicht zu überbrücken.

Lore holte die Soljanka aus der Küche. Magda mochte die so gerne und im Westen gab es nicht einmal die guten Zutaten, die man dafür brauchte, nur Ersatz. Ketchup statt Letscho.

Den großen Suppentopf hatte sich Lore von der Nachbarin ausgeliehen, ihrer war ja hinüber, dank Enne. Immerhin redete sie wieder das Nötigste mit ihrer Großen, denn sie hatte am Ende eine Verwendung für den verkochten Topf gefunden. Der stand nun draußen, sie hatte Petersilie eingesät.

Es lag wohl auch an Magdas Wein, dass Lore an diesem Abend wieder lachen konnte. Enne bekam ein Gläschen ab und Christina hätte auch eins gekriegt, wenn sie nicht auf dem Sofa eingeschlafen wäre.

»Es ist ein Kreuz mit dem Mädchen«, seufzte Magda. »Seit die aufs Gymnasium geht, verkriecht sie sich hinter ihren Büchern. Ich hatte in ihrem Alter schon einen Freund.«

Hans schnaubte. »Hast es schon immer übertrieben.«

Lore tat Magda noch einen Schlag Soljanka auf. Magda langte ordentlich zu. »Niemand kocht eine bessere«, seufzte sie, »höchstens unsere Mutter damals. Weißt du noch, Hans?«

Dann ging es auch schon los mit den alten Geschichten, die sie alle längst kannten und doch immer wieder hören wollten. Sie hatten mit dem Krieg zu tun, was sonst. Lore kam schnell auf Onkel Ingo. Sie hatte den noch gekannt, als kleines Mädchen, da hatte er ihr die Geschichte von seiner Wanderkugel erzählt, denn Onkel Ingo hatte sich vierzehnachtzehn an der Maas eine französische Kugel eingefangen. Weil die nicht entfernt werden konnte, war sie zeit seines Lebens in ihm herumgewandert. Damit das nicht so weh tat, soff er wie ein Kamel, rauchte wie ein Schlot und wurde trotzdem steinalt.

Magda konnte gut erzählen und diese Geschichte mochte sie am liebsten. Die Jendrichs seien eben ein zähes Geschlecht, stellte sie am Ende immer wieder fest.

Danach ging es mit dem anderen Krieg weiter, den sie alle selbst *mitgemacht* hatten, außer den Mädchen. Wenn Magda davon anfing, bekam der Vater diesen Blick, der nach innen ging, und Lore verfiel in Schweigen. Wenn Magda von diesem ganz speziellen *Früher* erzählte, *wo auch nicht alles schlecht gewesen war*, von wegen *Anstand und Ordnung, die Autobahn, die Moral*, wenn sie dann noch von der Jungmädeluniform zu schwärmen begann, in der sie so adrett ausgesehen hatte, wenn sie zu guter Letzt von den *Kriegsmaiden* schwadronierte, zu denen sie auch gehört hatte, dann schenkte Lore öfter nach, damit es bald ein Ende hatte, aber Magda war trinkfest wie ein alter Russe und kannte viel zu viele Geschichten vom Krieg. Je weiter der Abend voranschritt, desto grausamer wurden sie. Am Ende gerieten sie dann doch in Streit über Dinge, von denen Enne nicht viel wusste, weil sie immer nur in Andeutungen verhandelt wurden. Christina hatte die ganze Zeit geschlafen, nun reckte sie sich.

»Gerade wird's spannend«, sagte Enne. Der Vater war aufgestanden, zornig wandte er sich seiner Schwester zu.

»Schlau schnacken, das konntest du schon immer.«

Er ging nach draußen, sich die Beine vertreten, wie er meinte.

7

Als sie endlich im Zug saßen, Magda und Christina, nach diesem ganzen Hin und Her wegen Suse, weil es geheißen hatte, dass sie kommen konnten, dann wieder nicht und schließlich doch, da hatte Christina eine große Müdigkeit überfallen. Sie verschlief fast die gesamte Bahnfahrt, die Mutter musste sie an der Grenze wecken. Sie schlief im Auto weiter, nachdem sie in Onkel Hans' Wagen gestiegen waren, ein alter Lada ohne Federung. Man wurde ordentlich durchgeschüttelt auf dem Weg ins Fischerdorf. Sie schlief trotzdem weiter, denn es steckte ihr so manches in den Knochen.

Angefangen hatte es an dem Tag, als ihr keiner sagen konnte, wo sie hingehörte. Ein gutes Jahr war das her, aber sie wurde die Sache nicht los. Sie war damals durch die neue Schule geirrt, an diesem ersten Tag nach den Ferien. Die Stunde hatte längst begonnen, als sie die Klasse endlich fand.

»Bist du Christa?«, hatte Herr Thoben sie gefragt.

»Christina.«

»Schön, dass du doch noch kommst. Such dir einen freien Platz.«

Sie hatte sich umgesehen. Die Auswahl war mager gewesen. Ganz vorne oder ganz hinten. Natürlich war sie nach hinten gegangen, denn vorne saßen die Streber und die Vorlauten. Die Klasse hatte sie dabei gemustert, während der Lehrer den Unterricht fortsetzte. Die Römer. Issos und so. An die Tafel hatte er eine Schlachtordnung gezeichnet, mit bunter Kreide, blau für die ruhmreichen Römer, rot für die Barbaren.

Christina packte so leise wie möglich ihre Sachen aus, sie wollte nicht noch mehr stören. Sie hatte Mühe, das Geschichtsbuch auf den Tisch zu legen, ohne dass es auseinanderfiel. Die Klebestreifen, mit denen Magda es noch schnell geflickt hatte, hielten nicht. Das Buch stammte aus den Beständen der Schule, für bedürftige Schüler. Das Mädchen neben ihr guckte ausdruckslos auf die Loseblattsammlung zwischen den abgegriffenen Buchdeckeln und dann wieder zur Tafel. Christina fand endlich die richtige Seite.

»Hey«, flüsterte sie ihrer Nachbarin zu, »ich bin Christina.«

»Ja klar.«

Mehr kam nicht.

Vorne wedelte der Geschichtslehrer mit einem ausziehbaren Kugelschreiber herum, erklärte gestenreich und leidenschaftlich den Ablauf der Schlacht und dass sich irgendein Feldherr danach das Leben genommen hatte. Er demonstrierte das anschaulich, indem er sich mit dem Kugelschreiber erdolchte.

Christina fand das nicht lustig.

Später stand sie allein auf dem Schulhof und danach in der leeren Küche. Magda arbeitete, wie immer. Sie schlug sich Eier in die Pfanne, drei, vier, fünf, sie dachte, es sei nur ein großer Hunger, der sie quälte, aber es war die Leere. An diesem Tag hatten sich alle Gewissheiten verflüchtigt, nämlich wer sie war und wozu dieses Leben gut sein sollte. So musste es Suse gehen. Der Gedanke schoss ihr durch den Kopf. Bisher hatte sie die kleine Kusine nur seltsam gefunden, weil sie nirgendwo so richtig hineinpasste. Nun glaubte sie zu verstehen, warum das so war. Eine große Trauer überkam sie und noch etwas, das sie nicht anders benennen konnte als eine große Sehnsucht nach dem Kamp und auch nach Suse, der sie Unrecht getan hatte. Jedenfalls dachte Christina das und sie hätte sie jetzt gerne in die Arme geschlossen. *Wir beide, was? Wird schon.* Das hätte vielleicht geholfen. Wie war sie nur auf die Eier gekommen? Ihr wurde davon übel, sie musste sich übergeben. Immerhin verschaffte ihr das für einen Moment Erleichterung. Sie merkte sich das.

Magda fiel nur Christinas neuer Appetit auf. Sie schob es auf die schlechten Jahre und das Wachstum und kaufte die doppelte Menge Eier. An denen sollte es nicht liegen. So schleppte sich Christina durch das Schuljahr. Magda wusste von nichts, sie war ja nie da und Christina wollte sie nicht beunruhigen. Die Mutter hatte es schwer genug. Die legte sich krumm, damit ihre Tochter Abitur machen konnte und es einmal besser hatte.

Nun hoffte Christina auf die Ferien und vor allem auf die pommersche Ruhe. Die Heilung setzte schon im Zug ein. Endlich schlief sie. Selbst in der jendrichschen Stube auf dem alten Sofa nickte sie wieder ein. Sie spürte zwar Ennes Knüffe und hörte das Geflüster. *Wach auf! Du verpasst das Beste!*, aber sie konnte nichts dagegen tun.

Spät erwachte sie von lauten Stimmen und wusste im ersten Moment nicht, wo sie war, bis sie Ennes Stimme hörte. »Na? Ausgeschlafen?«

Christina reckte sich und sah sich um. Sie erkannte das

alte Buffet, die gemusterten Tapeten und Enne, die sie angrinste. Die Flaschen auf dem Tisch waren leer und draußen hatte die Nacht längst begonnen. Es war spät geworden und es ging immer noch hoch her in der jendrichschen Stube.

»Du warst doch gar nicht hier, Magda!«, sagte Onkel Hans in einem scharfen Ton, den Christina nicht von ihm kannte. Sie sah zu Enne. Die nippte an ihrem Wein und hörte interessiert zu. »Gerade wird's spannend.«

Der Onkel war aufgebracht, die Worte polterten aus ihm heraus. »Aber schlau schnacken, das konntest du schon immer.«

Er stand auf und ging.

»Was hat er denn?«, fragte Magda ganz verdattert.

»Genug von den alten Geschichten.« Lore stand nun auch auf. »Ich hol das Tablett. Morgen ist auch noch ein Tag.«

Magda steckte sich eine weitere Zigarette an. Der Aschenbecher quoll schon über. »Du meine Güte! Dass er da immer noch so empfindlich ist!«, rief sie hinter Lore her.

»Ist das ein Wunder? Drei Jahre!« Die Tante war schon in der Küche. Man hörte sie durch die offene Tür. Ihre Stimme bebte.

»Worum geht's?«, fragte Christina.

»Um das Übliche.« Enne schabte unter dem Tisch mit den Füßen. Der Streit machte sie verlegen.

»Drei Jahre«, wiederholte Lore, als sie mit dem Tablett zurückkehrte. »Drei Jahre im Lager bei den Russen! Und dann darf er nicht mal darüber reden, weil diejenigen, die ihm das angetan haben, jetzt unsere Freunde sind. Erklär das mal einem halben Kind. Viel mehr war er damals nicht.«

»Wir waren nie Kinder. Und die Unsrigen waren auch keine Waisenknaben. Die haben sich alle nichts geschenkt, das weißt du doch am allerbesten.«

Lore schloss das Fenster. »Seit wann verteidigst du den *Iwan*!«

»Ich sag nur, wie's ist.«

Lore fing an aufzuräumen. Sie stellte die leeren Flaschen auf das Tablett. Glas schepperte gegen Glas. Es war ein Wunder, dass nichts zerbrach.

»Lass uns nach oben gehen«, sagte Enne, »noch ein bisschen quatschen.« Sie gähnte. »Und schlafen.«

Christina fühlte sich so wach und ausgeruht wie lange nicht, geschlafen hatte sie genug. Sie wollte lieber wissen, worum es hier ging.

»Was weißt du schon!«, ereiferte sich Lore. »Du warst nicht hier, als der *Iwan* angerückt ist.« Sie äffte Magdas Tonfall nach und knallte das volle Tablett, das sie gerade in die Küche tragen wollte, auf den Tisch. Die Gläser schepperten. Sie zog die Blusenärmel hoch und streckte Magda ihre Handgelenke hin. Quer über den Pulsadern verliefen wulstige Narben, die wie weiße Würmer aussahen. Die hatte Christina nie an der Tante gesehen, Lore trug nur langärmelige Blusen und Pullover, selbst im Sommer. Magda dagegen krempelte die Ärmel auch im Winter hoch.

»Wer, glaubst du, war das?«, schnappte Lore.

Christina sah ihre Mutter zum ersten Mal verlegen.

»Lass mal, Lore. Ich weiß das doch.«

»Das war nicht der *Iwan*. Der hatte das gar nicht nötig. Der musste nur vor der Tür stehen, verstehst du? Das war nämlich mein Opa.« Sie setzte sich und rang um Fassung. Enne hielt sich die Ohren zu.

»Er hatte mich lieb. Er wollte nicht, dass sie mich bei lebendigem Leib ans Scheunentor nageln. Dass sie das mit den Frauen und Mädchen machen, das haben nämlich alle geglaubt.«

Magda sah zum Fenster, aber das war noch zu. Es hätte auch nichts mehr genützt, es jetzt noch zu schließen. »Geht nach oben«, sagte sie zu Enne und Christina. »Das hier ist nichts für eure Ohren.«

Lore sah erschrocken auf. Sie hatte die beiden ganz vergessen.

Oben setzte sich Christina auf die alte Chaiselongue. Die war auf dem Kamp ihr Bett, sie federte so schön. Enne setzte sich neben sie.

»Hast du das gewusst? Das mit deiner Mutter?«

»Nicht so richtig. Die reden ja nicht.«

Sie konnten beide nicht einschlafen. Sie redeten, quatschten und alberten herum, bis Lore an die Tür klopfte. »Ist da jetzt mal Ruhe?«

Am nächsten Morgen wachte Christina in aller Herrgottsfrühe auf. Der Tag dämmerte gerade mal so, unten rumorte jemand in der Küche, obwohl doch Sonntag war. Christina sah zu Enne hinüber. Die schlief fest. Sie selbst war hellwach, wie angeknipst. Sie zog sich an und schlich die Treppe hinunter.

Onkel Hans stand in der Küche und trank im Stehen aus seiner Teetasse. Die durfte sonst keiner anrühren. Es war eine besondere Tasse mit goldenem Rand und Blumen. Wenn man sie gegen das Licht hielt, konnte man auf dem Boden eine japanische Geisha sehen. Jetzt sah er auf.

»Moin, Lütte. Ok al op?«

Christina verstand zwar kein Plattdeutsch, aber sie verstand ihren Onkel.

»Kann ich mitkommen?«, fragte sie, denn sie hatte die Angel entdeckt, die stand schon neben der Tür bereit. Sie liebte die frühen Stunden am Wasser, wenn selbst die Vögel noch die Köpfe unter ihr Gefieder steckten.

»Kannst Ennes Rad nehmen. Bis zum Frühstück sind wir wieder da.«

Sie fuhren den alten Bahndamm entlang, der Onkel auf seiner alten Klapperkiste, am Lenker den Wassereimer, es war wie immer.

In den Häusern schliefen sie noch und diese schöne Stille lag über dem Land. Kein fernes Motorengeräusch, keine laute Musik, kein Gebrüll. Nur der Wind und frühe Vögel.

Sie folgten dem alten Schienenweg bis zum Wasser. Am Brückenflügel stellten sie die Räder ab. Der Weg endete hier. Auf der anderen Seite lag Usedom. Wo sich das Stettiner Haff mit dem Peenestrom verband, ragte das Gerippe der alten Hubbrücke aus dem Wasser, der Rest der Eisenbahnverbindung zwischen der Insel und Swinemünde. Der Onkel ging voran, er hatte seinen Angelplatz.

»Ich muss noch schnell was gucken«, sagte Christina, »ich komm gleich nach.«

Dem Onkel war es recht.

Christina kletterte die Böschung hinunter und fand die morsche Holztür im Mauerwerk. Dahinter lag die Kammer. Sie drückte die Tür auf. Der Raum sah noch genauso aus, wie sie ihn in Erinnerung hatte, die Wände bekritzelt, der Boden bedeckt mit altem Laub. Christina und Enne hatten hier im letzten Jahr noch Cowboy und Indianer gespielt, das war eine von den guten Erinnerungen. Sie war schon ein bisschen zu alt dafür gewesen, aber auch verknallt in Pierre Brice. Bei Winnetous Filmtod hatte sie im Kino geheult, aber Gojko Mitić sah auch gut aus. Christina nahm sich vor, Suse einmal mitzunehmen in diese geheime Kammer, wenn die endlich aus der Klinik kam. Danach kletterte sie wieder nach oben.

Der Onkel machte gerade die Angel klar zum Auswerfen. Christina setzte sich neben ihn. Sie redeten nicht.

Die große Ruhe hier auf dem Kamp sickerte in Christinas Leere ein und fing an sie auszufüllen. Sie legte sich wie Balsam um die wunden Ränder ihrer Existenz. Sie spürte wieder, wo sie anfing und wo sie aufhörte. Hier würde sie sich nicht mit Eiern vollstopfen müssen.

»Kann ich nicht einfach bei euch bleiben?«, fragte sie. Onkel Hans sah sie nur kurz an und lächelte traurig. »Warum denn das? Hier ist doch nichts.«

»Genau deshalb.«

»Ach, Deern.« Er seufzte tief.

Als sie zurückkamen und in die Küche traten, hatten Lore und Magda den Frühstückstisch schon gedeckt, sie saßen mit Enne beim Kaffee und redeten, der Abend davor und ihr Streit waren längst vergessen.

»Wo wart ihr denn schon so früh?«, fragte die Mutter und gab sich die Antwort selbst. »Angeln?«

Hans nickte.

»Und? Habt ihr was gefangen?«, fragte Enne und biss von ihrem Marmeladenbrot ab.

»Nein.«

Lore goss Kaffee nach. Die Sprache kam auf die Makrele und das Zeitungspapier mit Tonis Foto.

»Ich hätte zu gern eure Gesichter gesehen!«, sagte Magda und lachte, weil sie ihren Einfall für ziemlich genial hielt. Sie lachten überhaupt viel heute Morgen. Sie schienen sich bestens zu verstehen. »Den ollen Fisch hab ich weggeworfen. War schade drum.«

»Es ging ja auch um die Zeitung. Alter Spionagetrick.« Magda köpfte ihr Frühstücksei, sie war in ihrem Element. »Die sind mit dem Ballon rüber. Das muss man sich mal vorstellen! Die hätten abstürzen können. Und dann?«

Lore schloss das Fenster.

»Und wo ist er jetzt?«, wollte Enne wissen.

»Keine Ahnung. Marienfelde wahrscheinlich.« Magda musterte Enne wohlwollend. »Hast ihn gern gehabt, was? War ja auch ein netter Junge. Aber der kommt nicht wieder. Vergiss ihn.«

Enne hatte keinen Hunger mehr, sie schob Christina ihr Brot hin. Die langte ordentlich zu, denn sie war schon unterwegs gewesen.

»Das Kind frisst mir noch die Haare vom Kopf«, meinte Magda.

»Wann kommt Suse denn nun aus dem Krankenhaus?« Christina hatte den Mund noch voll Brot und beim Sprechen fielen ihr Krümel aus dem Mund, nur musste man Magdas Sprechpausen nutzen, um zu Wort zu kommen. Dieses Mal nützte auch das nichts.

»Jetzt schluck doch erst mal runter!«

Magda wandte sich Lore zu. Es schien sie auch zu interessieren. »Wie geht es der Kleinen denn?«

»Viel besser.«

Christina hatte das Brot endlich runtergeschluckt. »Aber kommt sie raus, solange wir noch da sind?«

»Wenn sie sich weiter so gut erholt, schon.« Lore goss sich schon wieder Kaffee nach. »Nur wann genau, das weiß ich auch nicht.«

Christina sah zu Enne. »Wir könnten sie besuchen, was meinst du? Die freut sich bestimmt, wenn wir kommen.« Das war ein spontaner Gedanke. Er gefiel Christina, aber Enne nickte nur vage.

»Kinder unter vierzehn sind nicht erlaubt«, sagte Lore, sie schien überhaupt skeptisch zu sein, ob das ein guter Vorschlag war. »Mit den Besuchszeiten ist das so eine Sache. Es dürfen nicht alle rein. Enne sowieso nicht.«

Enne schien das wenig zu bedauern. Magda war wohl die Einzige, die Christinas Vorschlag gut fand.

»Aber heute ist Sonntag, da ist Besuch bestimmt erlaubt, oder?«

»Von drei bis vier.«

»Dann fahr ich mit Christina hin. So sieht sie mal andere Gesichter. Ich hab sogar ein Geschenk für Suse. Sie wird sich freuen.«

Christina zweifelte daran.

Das Geschenk hatte Magda zufällig beim Wischen unter dem Schrank gefunden, wo Christina es vor Jahren versteckt und dann vergessen hatte. Die alte Barbiepuppe, die eigentlich nur eine Petra war. Man erkannte es an den vielen Kugelgelenken. Magda hatte ihr die Puppe irgendwann einmal zu Weihnachten geschenkt. Sie war schon damals hässlich gewesen. Der Kopf zu groß, die Füße zu winzig, der Körper zu künstlich. Sie hatte der Puppe mit Kugelschreiber eine Narbe quer über die Stirn gemalt, weil sie an Frankenstein erinnerte. Christina konnte sich nicht vorstellen, dass Suse die Puppe mochte und gern mit ihr spielte, aber Magda hatte es sich nun einmal in den Kopf gesetzt.

Hans fuhr die beiden in die Stadt und versprach, die Stunde zu warten.

Lore hatte ihnen genau erklärt, wo Suse lag, damit sie niemanden fragen mussten. Die Schwestern wurden schnell misstrauisch. Prompt hielt sie eine auf, als sie schon vor Suses Tür standen.

»Moment mal. Zu wem möchten Sie denn?«

»Susanne Jendrich. Die liegt doch hier, oder?«

»Aber Sie können nicht einfach da reinspazieren.«

»Ist denn keine Besuchszeit?«

Die Schwester musterte Christina. »Wie alt bist du denn?«

»Vierzehn.«

»Tatsächlich?«

Magda kramte ihre Pässe hervor. Die Schwester sah sie sich genau an. »Sie sind aus dem Westen?«

»Extra gekommen, um Suse zu besuchen. Meine Nichte.«

Das nahm die Schwester ihr nicht ab. Suse lag noch nicht so lange hier. So ein Besuch musste lange vorher beantragt werden. Die Visa, die Papiere, sowas konnte sich hinziehen. Doch die Schwester drückte ein Auge zu. »Na schön. Aber nicht zu lange.«

Im Zimmer war es dämmrig. Jemand hatte die Vorhänge halb zugezogen, wegen der Hitze. Durch den Spalt fiel ein Streifen Sonnenlicht herein und auf ein Mobile am Fenster. Vögel aus buntem Papier, der einzige Farbklecks im Raum.

Suse schlief. Sie hatte die Hände fest in Ennes alten Teddy gekrallt, Christina kannte ihn von früheren Besuchen. Sie trat nahe an das Bett heran und beugte sich über das Gitter, denn Suse war kaum zu erkennen. Sie schien geschrumpft zu sein. Sie sah auch sonst fremd aus. Christina beugte sich tiefer. Suse rührte sich und wurde wach. Da war wieder dieser kurze, irritierende Moment. Sie hatte den alten Blick, als wisse sie schon alles, obwohl sie erst neun war. Christina wich zurück. Auch Suse hatte sich erschrocken. Sie setzte sich auf.

»Ja, Susannchen! Kennst du uns noch?«, begrüßte Magda sie. Ihre Stimme, sonst satt und dunkel, wurde zuckrig. Sie plapperte drauflos. »Was machst du nur für Sachen! Du wirst jetzt ganz schnell wieder gesund und dann holen wir dich nach Hause. Wirst sehen, es wird alles wieder gut.«

Suse schwieg. Sie verschwand fast vor all dem Weiß um sie herum, die Bettwäsche, das Bettgestell, die Wände. Sie hatte ja selbst kaum noch Farbe. Sie ist durchsichtig geworden, dachte Christina. Ob sie sie überhaupt erkannte, war nicht auszumachen.

»Hallo, Suse«, sagte Christina. »Kennst du uns noch?«

»Wo ist Mama?«

Magda drängelte sich vor. »Die ruht sich heute ein bisschen aus. Dafür hat dir Tante Magda was Schönes mitgebracht.« Sie wühlte in ihrer unergründlichen Handtasche. Suse interessierte das wenig. Sie fing Schattenvögel auf ihrer Bettdecke.

Christina stand da und wusste nicht mehr, warum sie unbedingt hatte herkommen wollen. Suse jedenfalls schien es nicht zu kümmern.

»Hoffentlich darfst du bald nach Hause«, sagte Christina ein wenig hilflos.

Magda hatte das Geschenk endlich gefunden, sie zog es aus der Tasche. »Oh, was haben wir denn da?«

Sie hielt Suse das schmale Geschenk vor die Nase, immerhin war es schön eingepackt. Darauf legte die Mutter wert. Rote Clowns auf gelbem Grund.

»Das ist für dich!« Sie wedelte mit dem Geschenk vor Suse herum, deren Interesse sich in Grenzen hielt. Das enttäuschte Magda und sie riss nun selbst das Papier herunter. »Na? Was meinst du?«

Suse blieb stumm.

»Die ist doch schön, oder? Jetzt guck mal. Die kann sich sogar bücken!«

Magda klappte die Puppe zusammen wie ein Taschenmesser und führte auch gleich noch die anderen Gelenke vor. Schultern, Ellenbogen, Hals, Knie, bis die Puppe vollkommen verrenkt war und aussah wie ein Schlangenmensch. Magdas Augen glänzten vor Begeisterung. Sie wurde zu dem Kind, das sie nie hatte sein dürfen. Magda faltete die Puppe wieder auseinander und hätte sie vielleicht weitere Kunststücke vorführen lassen, wenn nicht die winzigen Hackenschuhe von den ausgestreckten Füßchen gefallen wären. Die verschwanden in den Falten von Suses Bettzeug.

»Ach!«

Magda sah Suse an, die hatte immer noch keinen Ton gesagt. Sie bückte sich und suchte die Schühchen, fand sie auch schnell, das Pink leuchtete auf der weißen Bettdecke.

Suse fing an zu lachen, zuerst leise, dann immer lauter. Christina hatte sie noch nie so lachen hören. Auch Magda schaute irritiert.

Die Schwester kam herein. »Die Besuchszeit ist zu Ende.«

Resolut ging sie zum Bett, kontrollierte den Infusionsbeutel, schüttelte die Decke auf und das Kopfkissen. Christina war schon bei der Tür, da stand Magda immer noch da und starrte auf die Puppe in ihrer Hand.

»Nun komm!«, drängelte sie.

»Na dann. Bis bald.«

Endlich folgte die Mutter, sie gingen wieder den Flur entlang.

Draußen stand Hans und rauchte. Als er die beiden sah, drückte er die Zigarette aus und warf den Stummel in einen Mülleimer. Magda warf die Puppe gleich hinterher.

8

Suse erholte sich. Wenige Tage nach Magdas und Christinas Besuch in der Klinik kochte Lore Rode Grütt, Suses Lieblingsessen. Später saßen sie am Tisch, auch Suse, die aussah, als ob jeder Luftzug sie vor sich hertreiben konnte. Lore schwirrte die ganze Zeit um sie herum, der Vater schwieg, Magda tätschelte sie unbeholfen.

»Wurde auch Zeit, dass du heimkommst. Is' ja kaum noch was an dir dran, Mädchen.« Und wieder fasste Magda sie an, kniff sie ganz sachte in Arm und Bauch. »Kein Fleisch mehr auf den Rippen. So geht das nicht.«

»Jetzt lass sie doch zufrieden und fummel nicht ständig an ihr rum!« Bei Lore lagen die Nerven blank, noch bevor sie angefangen hatten zu essen. Sie ließ den Löffel fallen. »Sie ist doch kein Schlachtvieh!« Und Suse befahl sie: »Iss!«, weil die nur zaghaft nippte. »Wozu hab ich dir extra Rote Grütze gekocht?«

Sie riss Suse den Löffel aus der Hand und fing an, sie zu füttern.

»Einen für Papa, einen für Magda …«

Suse schlug ihr die Hand weg. »Ich bin doch kein Baby mehr!«

Das waren die ersten Worte, die sie von sich gab.

Lore fing an zu weinen und rannte aus der Küche. Alle sahen ihr nach, fassungslos. Nun, wo Suse überlebt hatte, wo sie wieder da war, sollte sie doch glücklich sein, dachte Enne. Frau Kuhlmann kam ihr in den Sinn, die befunden hatte, dass sie traurig sein musste wegen Suse. Das mit den Gefühlen war ein einziges Chaos.

»Am besten in Ruhe lassen«, meinte der Vater.

Tante Magda schlug vor, Suse zum Mittagsschlaf hinzulegen. Praktisch, wie sie war, stand sie auf und hob Suse von der Bank, obwohl sie eigentlich viel zu groß zum Tragen war, aber sie wog kaum noch etwas, war mehr wie ein Hauch. Suse ließ es sich gefallen und Magda brachte sie nach oben. Als sie zurückkam, saß Lore wieder am Tisch, mit verweinten Augen, sie schnäuzte sich in ein Taschentuch. »Tut mir leid. Ich weiß auch nicht, was mit mir los ist. War alles ein bisschen viel in letzter Zeit.«

Magda holte den Pfeffi aus dem Schrank, sie wusste ja, wo der stand, und goss allen ein, auch Enne und Christina. »Ihr seid schließlich keine Kinder mehr. Und nun wollen wir uns alle wieder beruhigen.«

Sie prosteten sich zu und tranken, Magda schenkte nach. »Einer geht noch. Prost.«

Danach setzte sie zu einem ihrer Lieblingsvorträge an, den sie beim letzten Mal schon gehalten hatte, Enne erinnerte sich noch gut daran. Wieder ging es um die Vorzüge der Abhärtung. Sie beschwor Lore, ihre Tochter jetzt bloß nicht zu verzärteln. Sie pries die Wasserkur. Kalte Güsse und Bäder, man sehe an ihr, wie gut das tue. Sie hatte in den Tagen auf dem Kamp tatsächlich Farbe bekommen, rosige Wangen und einen bronzenen Teint. Die tiefen Augenringe verblassten. Das kam alles vom kampschen Ritual, das Magda jeden Morgen zelebrierte. Sie stieg noch vor dem Frühstück ins Hafenbecken, um ein paar Züge zu schwimmen. Enne war ein paar Mal mit ihr gegangen. Nach Usedom rüber würde sie es nicht versuchen. Die Tante prahlte damit, dass sie in jungen Jahren bis zur Insel geschwommen sei. Hans konnte das bestätigen oder vielleicht sagte er das auch nur, weil er seine Ruhe haben wollte.

Christina kam so gar nicht nach ihrer Mutter. Sie mochte kein Wasser, kaltes schon gar nicht. Enne hatte gesehen, wie sie nach Luft schnappte, wenn sie zu tief hineinging. Wenn sie badete, dann nur bis zum Bauchnabel und mit Boden unter den Füßen. Da waren die Ostseestrände genau das Richtige, das Hafenbecken aber nicht.

Meistens schlappte Magda am Morgen alleine im Badeanzug, die orangefarbene Stachelbadekappe auf dem Kopf, zum Hafen und sprang ins Wasser. Sie kehrte danach, noch nass, zurück und hinterließ eine Tropfspur im Treppenhaus, was Lore wenig freute, aber sie wischte drüber, denn es hatte keinen Sinn, mit Magda über das Abtrocknen zu streiten. Sebastian Kneipp hatte auch nichts davon gehalten.

Sie ging sogar noch ins Wasser, als sich der Sommer von einem Tag auf den anderen verabschiedete und es deutlich kühler wurde. Der Vater meinte, es werde einen frühen Herbst geben, weil die Haselnüsse prall in den Büschen hingen und die Eichhörnchen zwischen ihnen herumsprangen wie Heuschrecken.

So verflogen die Ferien und Suse schlief sich langsam gesund. Enne dachte, dass sich die Tage anfühlten wie aus der Zeit gefallen. Wegen Suse schlichen sie auf Zehenspitzen durchs Haus und in ihrer Gegenwart redeten sie alle leiser, sogar die Tante. Enne dachte, dass die Schwester ihr nur noch fremder geworden war. Fast schon ein

Geist und für niemanden greifbar. Enne beobachtete, wie sie alle versuchten, sich ihr zu nähern. Sie würden keinen Erfolg haben. Suse war eben Suse.

Nun gehörte es zur Tradition, dass die Tante vor der Abreise ein letztes Mal einkaufen ging. Manche Dinge kriegte sie nur hier. Eine Flasche Pfeffi, ein paar Tüten Knusperflocken oder worauf sie gerade Lust hatte. Das nahm sie als Souvenir mit in den Westen. Der Vater bot auch dieses Mal an, sie in die Stadt zu fahren, er brauchte einen neuen Wassereimer.

»Und du brauchst mal eine Abwechslung«, sagte Magda zu Lore. »Wie wäre es, wenn du mitkommst?«

Zu Ennes Überraschung stimmte Lore zu.

Der Onkel hatte den Lada schon aus dem Schuppen geholt, er wartete mit laufendem Motor. Es war Mittag und Suse schlief ihre zwei Stunden. Bis sie wach wurde, wären sie längst zurück, das hatte Magda versprochen. Lore schärfte Enne ein, jede halbe Stunde nach ihr zu sehen. Magda nahm Christina ins Gebet.

»Du bist die Ältere. Du trägst die Verantwortung.«

Der Vater hupte. Endlich gingen sie. Als sie wegfuhren, ließen Enne und Christina sich erleichtert aufs Sofa fallen. Vor ihnen lagen zwei herrliche Stunden ohne Kontrolle und Gemeckere.

»Komm, wir gucken nochmal nach oben und dann machen wir was«, schlug Enne vor. Sie hatte keine Lust, die kostbare Zeit hier herumzusitzen. Christina war einverstanden. Sie schlichen die Treppe hoch. Suse schlief fest, ihre Augäpfel rollten unter den Lidern, sie träumte.

Also gingen sie los, redeten albernes Zeug und vergaßen die Zeit. Sie schlenderten die Dorfstraße hoch bis zum Hafen. Am Steg angekommen, zog Enne sich bis auf die Unterwäsche aus und warf sich ins Wasser. Christina schauderte.

»Jetzt komm schon! Das Wasser ist gar nicht so kalt!«

Christina setzte sich hin und sah zu, wie Enne sich im Wasser aalte. Die Sonne kam kurz hinter den Wolken hervor und Enne stieg wieder aus dem Wasser, denn ihr wurde nun auch kalt. Tropfnass setzte sie sich neben Christina. Sie hatte das Handtuch vergessen und zog ihre Sachen über die nasse Haut.

»Wie Magda.« Christina lachte.

»Fühlt sich gar nicht mal so schlecht an.«

Hier, an dieser Stelle, hatte sie mit Toni gesessen, das letzte Mal. Das erzählte sie Christina. Es tat nur noch ein bisschen weh.

»Suse!« Christina hatte auf ihre Armbanduhr gesehen und war aufgesprungen. »Wir müssen zurück.«

Sie waren spät dran. Sehr spät. Die Eltern und Magda würden schon bald zurückkommen.

Suse lag nicht in ihrem Bett.

»Sie kann nicht weit sein«, sagte Christina, ihre Stimme zitterte.

»Jetzt mal keine Panik. Die will uns nur ärgern.« Enne war nicht besorgt, sie war wütend. Da waren sie nur kurz weggegangen und schon schlug die Schwester quer.

Zuerst suchten sie in allen Räumen, guckten sogar in die Schränke, denn Suse war alles zuzutrauen. Sie durchstöberten den Dachboden, die Scheune, wo sonst das Auto stand, und zuletzt den Schuppen. Sie fanden sie nicht.

»Und wenn sie uns hinterhergelaufen ist? Ich hätte besser aufpassen müssen!« Christina klang, als finge sie gleich an zu heulen.

»So ist sie nun mal. Du kannst nichts dafür.«

»Aber ich hab die Verantwortung.«

»Magda! Was weiß die schon.«

Sie liefen aus dem Haus und suchten den Weg ab, den sie gegangen waren. Sie schauten auch in die Kammer unter der Brücke. Sie suchten in den Booten und unter dem Steg, wo ein gutes Versteck war, aber Suse konnte nicht schwimmen. Auch in den Büschen und im Schilf war sie nicht zu finden. Enne wurde nun auch nervös.

Als sie zurückkehrten, in der Hoffnung, dass Suse wieder aufgetaucht war, stand schon der Lada in der Einfahrt. Magda und Lore lachten. Sie hatten eine gute Zeit gehabt, nur würde ihnen das Lachen gleich vergehen. Noch waren sie bester Laune, nach langer Zeit mal wieder. Sie winkten sogar zu Alma hinüber, die in ihrem Garten stand, bis zu den Knien im Gras, das sie nie mähte. Sie ließ alles einfach wachsen. Hans holte gerade seinen neuen Wassereimer aus dem Kofferraum und begutachtete ihn eingehend, klopfte den Boden ab, es war ein guter Eimer, denn er nickte zufrieden und brachte ihn gleich in den Schuppen zu seinen übrigen Angelsachen.

»Suse ist weg.«

Das musste man Christina lassen. Sonst kriegte sie den Mund nicht auf, nun hatte sie ihren Mut als Erste zusammengenommen.

Dass sie schwiegen, war schlimmer, als wären sie wütend geworden. Wie sie sie ansahen. Vor allem Lore, aber auch Magda. Diese Enttäuschung! Ohne ein Wort an sie zu richten, setzten sie sich in Bewegung. Die Frauen durchkämmten das Haus bis hoch zum Dachboden. Hans lief zu den Nachbarn, Christina und Enne wollten auch nicht herumstehen, sie suchten weiter im Dorf und in der Umgebung. Später fuhr Hans mit dem Boot das Ufer ab, man musste mit dem Schlimmsten rechnen.

Suse blieb verschwunden. Das Dorf war schon in Aufruhr. Sie standen auf der Straße und beratschlagten, ob man die Volkspolizei jetzt einschalten müsse. Lore, eben noch lachend, raufte sich die Haare, als sei sie nicht bei Verstand. Das machte Enne Angst. Nur Albrecht versuchte, sie alle zu beruhigen.

»Nun regt euch nicht so auf, die wird schon wieder auftauchen. Hier geht doch keiner verloren. Ist eben mal spazieren gegangen, die Deern. Wer will ihr das verdenken.«

Magda rauchte schon wieder. »Was ist eigentlich mit dem Haus gegenüber?«, fragte sie. »Hat da schon jemand gefragt?«

Alle starrten sie an, als habe sie etwas vollkommen Blödsinniges gesagt.

Lore lachte spitz. »Alma? Die lässt keinen rein. Auch nicht Suse.«

»Doch. Tut sie«, sagte Enne und eine wilde Hoffnung stieg in ihr auf.

»Blödsinn!«

»Alma hat es mir selbst erzählt.«

Lore kam auf sie zu, sie wich zurück. »Was hast du denn mit der zu schaffen!«

»Ich wollte ihr nur helfen.«

»Bei was!«

»Einkaufen?«

Lore schnappte nach Luft. Enne dachte, dass sie sie schlagen würde, aber Lore ließ sie stehen. Sie ging über die Straße zu Alma. Der Vater folgte ihr und packte sie an der Schulter.

»Warte.«

Sie schüttelte ihn ab. »Wenn die Hexe ihr was getan hat, bring ich sie um!«

Er bekam sie noch am Arm zu fassen. »Lass gut sein. Lore. Ich mach das.«

Alma stand nun vor der Haustür in ihrer viel zu dünnen Bluse, sie schaute misstrauisch zu, wie sich das Dorf vor ihrem Haus versammelte.

»Was willst du!«, rief sie, als der Vater auf sie zukam.

»Ist Suse bei dir?«

»Und wenn?«

Suse kam hinter Alma zum Vorschein, kauend und ein Brot in der Hand, als sei nichts passiert. Sie blieb neben Alma stehen und schien vollkommen überrascht von der ganzen Aufregung.

Hans ging hin, hob sie hoch und trug sie nach Hause.

»In den Suppentopf habe ich sie jedenfalls nicht gesteckt!«, rief Alma ihm nach und verschwand wieder im Haus, um sich lange nicht mehr blicken zu lassen.

9
Sommer 2019

Eddy lehnte noch immer am Fenster, die Milchtüte in der Hand. Er sah hinaus in die Nacht. Der Mond stand tief und hell am Himmel. Ganz hinten, an diesem kleinen Streifen Horizont, den Almas Haus nicht verdeckte, zeigte sich ein erster heller Schimmer.

Enne saß vor dem angefangenen Brief, starrte auf das Loch im Papier und wusste nicht weiter. Sie war sich gerade noch sicher gewesen, in dieser Nacht etwas zu Ende bringen zu können, das sie schon viel zu lange quälte. Nun machte Eddys Anwesenheit sie nervös. Dass sie, ohne ihn einzuweihen, mit dem Brief begonnen hatte, fühlte sich an wie Verrat. Dass Suse verschollen war, quälte auch ihn. Sie hatten nie darüber gesprochen. Sie hatten sich in einem Leben eingerichtet, in dem Suse immer noch herumgeisterte. Enne fragte sich manchmal, was aus ihnen hätte werden können, hätte Suse sich nur einmal gemeldet. *Mir geht es gut, wir sehen uns im nächsten Leben.* Oder die Nachricht von ihrem Tod. Gäbe es Gewissheit, säße sie jetzt nicht hier.

Sie mussten endlich mit der ganzen Sache abschließen, sie und Eddy. Nur war der für Veränderungen nicht zu haben. Warum auch. Dieses Leben zu dritt war doch gar nicht so übel. Sie kannten sich darin aus. Es war ihnen zur Gewohnheit geworden.

»Liebst du sie noch?«, fragte Enne.

Die Frage blieb im Raum hängen, solange Eddy darüber nachdachte. »Manchmal schon. Heute.«

»Und was ist das mit uns?«

Er lachte. »Soll das heute die Nacht der großen Offenbarungen werden?«

»Warum nicht? Wird Zeit.«

Er zuckte mit den Schultern. »Es ist, wie es ist.«

Aber wie war es denn. Sie teilten meistens das Bett und waren manchmal zärtlich miteinander. Im Dorf dachten alle, sie seien verheiratet. Sie taten auch so, aber Enne war damals nur eingesprungen für die Braut. Eddy hatte Suse heiraten wollen, nicht sie. Aus Eddy hatte sie sich damals nicht viel gemacht. Er war ein Kumpel, ein Freund. Nur war mit der Zeit etwas zwischen ihnen gewachsen.

Sie strich noch einmal das Papier glatt und dachte an den Anruf vor ein paar Tagen. Es hatte sich in ihrem Leben doch noch eine Tür aufgetan. Sie hatte nicht mehr damit gerechnet. Es gab ein Angebot, bei Licht besehen nichts Großes, für sie aber schon. Es waren ja meist die kleinen Dinge, die die großen ins Rollen brachten. Eddy wusste noch nichts davon. Es hing auch von ihm ab, wie sie sich entschied. Sie beobachtete ihn, wie er da stand, seine Silhouette vor dem untergehenden Mond, fast romantisch sah das aus. Es rührte sie. Nur diese blöde Milch passte nicht ins Bild. Er trank schon wieder aus der Packung, sie hörte ihn schlucken.

»Wenn du sie beerdigt hast, lässt du sie dann für tot erklären?«, fragte er.

Daran hatte Enne noch gar nicht gedacht. Es klang so schrecklich endgültig, dass ihr kalt wurde.

»Vielleicht lebt sie ja noch«, überlegte sie. »Vielleicht

ist das wieder nur so eine blöde Idee von mir, dieser Brief und das alles. Ich meine, was wollen wir denn beerdigen? Unsere Erinnerungen?«

Endlich stellte er die Milch zurück in den Kühlschrank. Dann setzte er sich zu ihr an den Tisch. Der Kater schnurrte um seine Füße, sprang auf Eddys Schoß und rollte sich zusammen. Er kraulte ihn zwischen den Ohren, holte mehrmals Luft, bis er die Worte gefunden hatte.

»Das Gefühl, dass nichts mehr gut wird. Schreib das in deinen Brief. Und dann werfen wir den Mist in die See.«

»Und die Wut«, sagte Enne.

Eddy nickte. »Die auch.«

»Wenn das getan ist, will ich wieder Theater spielen.« Nun war es heraus. Sie fing an, von dem Anruf zu erzählen. Eddy hörte zu.

Am Theater gab es nämlich einen neuen Spielleiter. Sie kannte ihn von früher, sie hatte zur Zeit der Wende zusammen mit Gustav auf der Bühne gestanden. Jetzt war er zurückgekehrt und hatte sich an sie erinnert. Ob sie sich das vorstellen könne. Sommertheater im nächsten Jahr. Das Märchen. Sie habe doch damals schon so wunderbar Regie geführt, trotz der Umstände und obwohl das Stück, na ja, eine Herausforderung gewesen sei, um es freundlich auszudrücken. Nun sollte es aus gegebenem Anlass, Bühnenjubiläum und so weiter, wieder aus der Mottenkiste geholt werden. So hatte er das am Telefon erklärt.

»Doch nicht etwa Frau Holle? Diese fürchterliche Version von unserem Wessicowboy?«

»Genau die.«

Enne hatte gelacht. »Die ist doch damals schon durchgefallen. Kannst du dich nicht erinnern? Ich sag nur: Acting!«

»Nicht er führt Regie, sondern du. Außerdem hättest du alle Freiheiten. Hauptsache, es ist Frau Holle und es kommen zwei, drei Originalsätze von unserem Cowboy drin vor. Der kommt nämlich zur Premiere.«

Selbst nach dieser langen Zeit fühlte es sich an wie ein Schlag in den Magen. Sie erinnerte sich noch allzu gut an ihn. Kurz nach der Wende hatte er in der Kantine gestanden, in dieser albernen Aufmachung. Ein wandelndes Klischee. Stiefel aus Schlangenleder, Westernkrawatte, Lederhut. Modernes Theater wollte er ihnen beibringen. *Acting* eben. Sinnloses Herumgebrülle und dieses *Du-musst-fühlen-was-du-spielst*. Keine brechtsche Distanz, keine Diskussion im Ensemble, sondern Gottes Wille. Und dann war er ausgerechnet mit dem Märchen baden gegangen.

»Ne, Gustav, ist nett, dass du fragst, aber das mach ich nicht.«

Aber Gustav ließ nicht locker. Er hatte ihr den Mund wässrig geredet, hatte noch die Rolle der bösen Stiefmutter obendrauf gelegt, »sowas kannste doch«. Er hatte dann mit ihr zusammen noch ein bisschen in alten Zeiten geschwelgt, wie das gewesen war, damals, als sie noch auf jedem Campingplatz der Region gespielt hatten. Und wie die Stimmung dann gekippt war, in diesem Sommer neunundachtzig, und jedes Wort bejubelt wurde, das man irgendwie politisch hatte deuten können.

»Jetzt kannst du dich nackt auf den Marktplatz stellen und den Weltuntergang predigen, keinen juckt's.«

»Darum möchte ich dich dabeihaben«, sagte Gustav.
»Warum genau?«
»Weil du die Worte ernst nimmst.«
»Ich muss mit Eddy darüber reden.«

Draußen wurde es heller. Eddy hob den Kater vom Schoß und setzte ihn auf den Boden. Olle protestierte, trollte sich dann aber mit hoch erhobenem Schwanz.

»Das heißt, du wirst im nächsten Sommer nicht hier sein«, stellte er fest. Sie nickte. »Und gehst du dann wieder in die Stadt?«

Sie nahm seine Hand. Er zog sie nicht weg.

10

Herbst 1977

Es war ein Kreuz mit Suse. Zwar war das mit ihrer Krankheit nun drei Jahre her und man musste nicht mehr fürchten, dass sie auseinanderbrach, wenn man sie nur schief ansah. Außer ihren Bernsteinaugen war von der engelhaften Suse, die mit einem Bein im Jenseits stand, nicht viel übrig. Groß war sie geworden, in die Höhe geschossen wie ein Kartoffelkeimling. Es fehlte nicht viel, dann hatte sie Enne eingeholt. Eigentlich hätten sie sich freuen und eine ganz normale Familie werden können, weil Suse nicht mehr krank war, nur kam sie jetzt mit ihren Marotten. Statt ins Klubhaus zu gehen, wie alle in dem Alter, statt sich mit Freundinnen zu treffen, Musik zu hören und dummes Zeug zu reden, verbrachte Suse ihre freie Zeit auf dem Friedhof oder, was noch schlimmer war, bei Alma. Normal war das nicht und Lore, die früher mit Suse zu den Ärzten gelaufen war, ging nun öfter in die Schule, weil sie hinzitiert wurde. Der Vater schwieg und holte die Angel, wenn Lore ins Schlafzimmer ging, um sich auszuheulen. Enne hörte ihre verzweifelten Selbstgespräche. Das Geraune drang durch die Wände, man verstand die Worte nicht. Enne ging zu ihr, um sie zu trösten. Lore schickte sie weg.

»Was ist das eigentlich für ein Grab, zu dem du da immer gehst?«, fragte Enne eines Abends, als sie in ihren Betten lagen.

»Von Almas Kind.«

Enne setzte sich auf und starrte zu Suse hinüber. Im Zimmer war es dunkel. Sie hatten das Licht schon ausgemacht, weil Lore sie ermahnt hatte, wegen der Schule und weil sie früh aufstehen mussten. Sie konnten aber nicht schlafen. »Alma hatte ein Kind?«

»Ja.«

»Warum ist es gestorben?«

»War wohl krank.«

»Was hatte es denn?«

»Keine Ahnung. Ist lange her.«

Enne knipste ihre Nachttischlampe an. »Warum gehst du da hin? Schickt sie dich?«

»Nö. Mach ich freiwillig.«

»Aber was macht das für einen Sinn!«

»Keinen. Bin einfach gerne auf dem Friedhof. Da ist es so still.«

Sie schwiegen und Enne dachte daran, wie Alma sie hatte abblitzen lassen, als sie ein besserer Mensch hatte werden wollen. Suse versuchte das gar nicht erst.

»Seid ihr so richtig Freundinnen?«

»Hmm.« Suse nickte.

Enne warf sich wieder aufs Bett und starrte an die Decke.

»Das kapier ich nicht, Suse. Was findest du an der? Die ist doch total schräg.«

»Bin ich auch.«

Enne wandte den Kopf und sah ihre Schwester an. Wie sie das sagte. Als sei das nichts Ungewöhnliches. Suse lag dabei auf dem Rücken und tippte gegen den Teddy, der längst in ihren Besitz übergegangen war. Er hing jetzt von der Decke, direkt über Suses Kopf, erhängt an einem Stück Paketband.

»Kannst du das mal lassen!«

Suse hielt inne. Der Teddy schaukelte noch eine Weile hin und her.

»Wie wär's denn, wenn du wenigstens so tust, als wenn du normal bist, wie alle anderen auch? Mach's für Lore.«

Suse starrte weiter auf den Teddy. »Weißt du noch, als du dich darüber aufgeregt hast, dass Papa dir Geld für die Schulsammlung gegeben hat, obwohl er das blöd fand?«

»Ne.«

»Du hast gemeint, er soll ehrlich sein und dir besser nichts geben.«

»Hab ich das?«

»Hast du. Aber ich soll jetzt lügen und so tun, als ob ich so bin wie alle anderen. Ganz normal halt. Was heißt das überhaupt? Brav das blaue Hemd tragen? Beim Fahnenappell feierlich gucken? Ich scheiß drauf!«

Enne schlug mit der Faust gegen die Wand. »Jetzt red doch nicht so einen Schwachsinn! Hier geht's um mehr als um eine blöde Schulsammlung. Wenn du so weitermachst, landest du nämlich im Werkhof!«

Die Tür flog auf, Lore stand im Rahmen wie das Jüngste Gericht. Sie hatte wohl schon geschlafen, denn sie trug eines ihrer rosafarbenen Nachthemden, die Haare waren zerzaust.

»Was ist denn hier los!«

Enne setzte sich auf und stieß sich den Kopf an der Dachschräge.

»Wisst ihr eigentlich, wie spät es ist? Bald Mitternacht!

Und ihr spektakelt hier rum, dass man unten kein Auge zukriegt. Um halb fünf ist für mich die Nacht zu Ende!«

Sie schlug die Tür wieder zu. Man hörte sie die Treppe hinunterstampfen.

11

Fürs Wochenende hatte Enne sich mit Lisa und ein paar anderen zum Boofen verabredet, nur durfte Lore nichts davon wissen. Deshalb hatte sie gelogen. Sie müssten eine Klassenaktion vorbereiten, zum Nationalfeiertag. Das klang wichtig genug, dass die Mutter nicht weiter nachbohrte. Wenn sie irgendwohin wollte, brauchte sie immer einen guten Grund, eine Pflicht oder Aufgabe, sonst strafte Lore sie mit ihrem stillen Leid. Sie musste nur gucken. Dagegen kam Enne nicht an.

»Ich muss dann mal los«, sagte sie nun, schulterte ihren Hirschbeutel und nahm den Schlafsack unter den Arm.

»Moment, Fräulein! Bevor du wegfährst, gehst du noch zu Alma rüber und fragst deine Schwester, wann sie nach Hause zu kommen gedenkt. Die soll sich nicht einbilden, dass sie wieder bei der übernachten kann!«

Lore hatte sich inzwischen damit abgefunden, dass Suse Alma besuchte, aber dass sie nun regelmäßig drüben schlief, ging ihr gehörig gegen den Strich. Sie hatte den Vater gebeten, ein Machtwort zu sprechen, aber der konnte das nicht, denn mit der Macht hatte er so seine Erfahrungen gemacht.

»Lisa wartet auf mich«, sagte Enne.

»Ist doch nicht schlimm, wenn du zehn Minuten später kommst.«

»Kannst du nicht selber zu Alma rübergehen, wenigstens heute?«, fragte Enne genervt. »Oder hast du Angst vor der?«

»Jetzt werd' bloß nicht frech!«

Lore weigerte sich beharrlich, das Grundstück gegenüber auch nur zu betreten, warum auch immer. Wütend warf Enne ihr Gepäck in die Ecke und lief über die Straße. Besser, sie erledigte die Sache schnell, denn sie musste zum Zug. Sie hämmerte gegen Almas Tür.

»Suse! Ich weiß, dass du da bist. Komm raus!«

Alma öffnete. »Was willst du?«

»Lore schickt mich. Suse soll nach Hause kommen.«

»Die bleibt über Nacht. Sag das deiner Mutter.«

Enne sah auf ihre Armbanduhr. Sie hatte keine Zeit mehr, mit Alma zu diskutieren. Sie ließ sie stehen, holte ihre Sachen und stieg aufs Rad.

»Was ist denn nun mit Suse?«, rief Lore ihr nach.

Enne wandte sich im Fahren um. »Die schläft drüben! Soll ich dir sagen!«

Sie fuhr schnell weiter, bevor Lore sie aufhalten konnte. Sie hörte die Mutter noch schimpfen, als sie schon um die Ecke gebogen war.

Den Zug erreichte sie knapp. Sie war die ganze Strecke gerast, hatte es gerade noch geschafft, das Rad abzustellen und einzusteigen. Auf dem Bahnsteig hatte sie Lisa nicht mehr gesehen, sie war wohl schon im Zug. Die Türen schlugen zu, sie ließ sich auf den nächstbesten freien Platz fallen. Ihr Herz schlug gegen die Rippen, sie atmete durch. Lisa würde sie suchen gehen, wenn sie sich erholt hatte. Nun lag ein herrliches, freies Wochenende am Lagerfeuer vor ihr. Eigentlich war es im Oktober schon zu kalt, um in einer Höhle zu übernachten, aber sie hatte es Lisa versprochen. Es ging um einen Jungen. Dass Enne mitfuhr, war ein Freundschaftsdienst. Sie lehnte die Stirn gegen die kühle Scheibe und atmete durch.

»Ach guck mal an!«, sagte da jemand. Enne wandte sich um. »Suse? Was machst du denn hier!«

»Könnte ich dich auch fragen.«

»Ich dachte, du übernachtest bei Alma?«

Suse grinste. »Auf Alma ist eben Verlass.«

Sie setzte sich neben Enne und stellte ihr Gepäck auf den Boden. »Wenn du mich nicht verrätst, verrate ich dich auch nicht. Abgemacht?«

»Na gut. Abgemacht. Also. Wohin geht's?«

»Nach Berlin. Konzert auf dem Alex.«

Enne war baff. »Du? Nach Berlin?«

»Was dagegen?«

»Nein. Ich wundere mich nur. Da spielt *Express*, ich weiß. *Ein Wigwam steht in Babelsberg.* Wusste nicht, dass du auf sowas stehst.«

»Ist doch egal. Hauptsache Berlin, oder?«

»Du fährst da alleine hin? Du bist zwölf!«

»Na und? Kannst ja mitkommen.«

»Ich hab Lisa versprochen, mit ihr Boofen zu gehen.«

»Klingst nicht wirklich begeistert.«

War sie auch nicht. Sie stand auf.

»Ich geh sie mal suchen. Die muss hier irgendwo im Zug sein.«

»Ich komm mit.«

Sie gingen los. Viele Waggons waren es nicht. Enne dachte, dass sie viel lieber mit Suse nach Berlin gefahren wäre. Sie mochte zwar die Band nicht, aber die Stadt, nur konnte sie Lisa nicht sitzen lassen. Dass Suse allein nach Berlin fuhr, war allerdings verrückt. Vielleicht würde Lisa das ja verstehen. Sie drehte sich zu Suse um.

»Was, wenn sie dich erwischen?«

»Wenn schon.«

Sie waren am Ende des Zuges angekommen. Lisa hatten sie nicht entdeckt. Enne setzte sich, Suse auch.

»Vielleicht steigt sie bei der nächsten Station ein?«, überlegte Suse.

»Quatsch!«

Der Zug bremste und hielt. Von Lisa keine Spur. Wahrscheinlich hatte sie kalte Füße bekommen und kniff. Vielleicht, so dachte Enne, war das ein Wink des Schicksals, auch wenn sie nicht daran glaubte, aber es wäre gar nicht mal so übel, einen Ausflug mit Suse zu machen. Nur zu zweit hatten sie das noch nie getan.

Enne musterte die Schwester von der Seite. Seit neuestem toupierte sie ihre Haare hoch, umrandete die Augen dick mit Kajal, trug Almas Trauerblusen und ging auch sonst nur noch in Schwarz. Sie erinnerte Enne jeden Tag mehr an eine Fledermaus. Vielleicht konnte sie herausfinden, warum Suse so war.

»Gut«, sagte sie. »Dann fahr ich eben mit nach Berlin.«

Als sie auf dem Bahnsteig standen, fragte Enne, wo sie denn übernachten wollten. Suse wedelte mit einem Zettel. »Alma hat mir eine Adresse gegeben. Eine alte Bekannte.«

»Na, das wird was sein.«

Die Adresse gehörte zu einem alten Haus in der Oranienburger Straße. Eine ältere Frau öffnete und ließ sie ein.

»Wir kommen von Alma«, sagte Suse.

»Ihr könnt hier auf dem Boden schlafen. Schlafsäcke habt ihr ja dabei?«, sagte sie. »Und macht nicht so viel Lärm, wenn ihr heimkommt.«

Sie gab Suse einen Schlüssel, das war's.

Berlin! Enne war mit den Pionieren schon hier gewesen. Die Stadt verströmte diesen räudigen Großstadtgeruch, der einem zu Kopfe stieg wie eine Droge.

Auf dem Alex war schon der Teufel los.

»Die verspäten sich wohl«, sagte Enne.

»Ach was. Die kommen schon.«

Sie gingen über den Platz. Zum ersten Mal badete Enne in einer solchen Menschenmenge. Suse und sie hielten sich an den Händen, damit sie sich nicht aus den Augen verloren. Es fühlte sich gut an zu zweit. Sie streiften von einem Ende zum anderen, das Leben war schön. Selbst Suse sah glücklich aus. Die Luft war wie elektrisiert. Bald musste es losgehen.

Union Berlin hatte an diesem Freitag auch gespielt, die Fans kamen vom Stadion herüber, es wurde voll. Langsam sollte auch die Band anfangen zu spielen, nur war immer noch keiner zu sehen. Die Bühne war leer.

Erste Rufe wurden laut. »Anfangen! Anfangen!«

Es dauerte. Dann kam jemand ans Mikrofon und sagte das Konzert ab. Statt der Band stellte sich eine russische Blaskapelle auf.

»Wollen die uns verarschen?«, fragte Suse. »Wer will denn sowas hören!«

Sie fingen an, zu spielen. Ein Sprechchor wurde laut. »*Adin, dwa, trie,* Russen werden wir nie!«

Das imponierte Enne. Die trauten sich was!

Die Blaskapelle beeindruckte das nicht. Die spielten einen Marsch nach dem anderen. Es gab erste Rangeleien, die Menge wurde zunehmend unruhiger.

»Ich glaub', hier knallt's gleich«, sagte Suse. »Lass uns lieber gehen.«

Aber Enne hatte keine Lust. Sie war nicht mitgekommen, um dann gleich wieder umzukehren.

»Wir lassen uns nicht einfach nach Hause schicken!«, protestierte sie.

Die Stimmung kippte. Zorn knisterte in der Luft. Man konnte ihn greifen. Suse zog sie am Ärmel. »Komm. Hier stimmt was nicht.«

Enne riss sich los. »Was hier nicht stimmt, ist die Musik!« Enne wusste selbst nicht, woher diese plötzliche Wut auf *die da oben* kam. Sie war doch sonst nicht so. Aber was gegen ein harmloses Konzert einzuwenden war, verstand sie nicht.

Sprechchöre wurden laut. »Wir bleiben hier! Wir bleiben hier!« Enne brüllte mit, irgendwo musste die Wut ja hin. Es war doch alles gut und friedlich gewesen, warum durfte die Band dann nicht spielen? Sie begriff das nicht.

»Enne, bitte, ich will hier weg«, drängelte Suse.

»Wir gehen ja gleich!«

Enne reckte den Hals, versuchte sich zu orientieren, denn es war mittlerweile so eng geworden, dass sie sich kaum noch rühren konnten. Von allen Seiten wurde geschubst und gedrängelt.

An den Rändern flackerte jetzt Blaulicht, Sirenen heulten. Die Polizei war mit großem Aufgebot angerückt. Jemand schrie: »Nieder mit der DDR!«

Enne, aufgewühlt, wie sie war, reckte die Faust und

brüllte mit, obwohl sie das gar nicht so meinte. Dann wurde sie zur Seite gestoßen. Sie spürte, wie sich Suses Hand aus ihrer löste. Sie drehte sich noch um und rief nach der Schwester.

Die Menge hatte sie geschluckt. Sie konnte so laut und so oft schreien, wie sie wollte, Suse würde sie nicht hören, denn da oben machte diese Kapelle einen solchen Lärm, dass einem davon schwindlig wurde, und hier unten brüllten die Leute. Enne stemmte sich gegen die Leiber, nur wo sollte sie suchen? Irgendjemand sagte, dass man sie in die Enge treiben und einkesseln wolle.

Enne bekam es mit der Angst zu tun. Sie bereute ihren Leichtsinn und dass sie nicht auf Suse gehört hatte, aber das war jetzt auch zu spät. Sie wusste nur eines, nämlich, dass sie sich nicht festnehmen lassen durfte.

Wie sie es dann schaffte, sich aus der Menge zu befreien und in eines der Hochhäuser zu gelangen, die den Alexanderplatz säumten, das wusste sie selbst nicht. Sie sah in der Aufregung auch nicht, was das für ein Haus war. Sie lief zum Fahrstuhl und fuhr ganz nach oben. Bei ihr waren andere, die ebenso flohen wie sie.

»Wir müssen aufs Dach!«, sagte jemand.

Oben konnte sie sehen, was unten passierte. Die Polizei fuhr Wasserwerfer auf. Der Platz wimmelte von Vopos. Leute wurden festgenommen und abgeführt. Irgendwo standen Krankenwagen.

»Die machen Krieg gegen uns«, sagte der, der sie aufs Dach gelotst hatte. Enne dachte, dass Suse noch mittendrin war in diesem Aufruhr und ihr wurde übel. Sie dachte auch, dass sie wieder da runter musste, um Suse zu finden.

»He, wo willst du hin?«

»Ich muss meine Schwester suchen. Die ist noch da unten.«

»Hat doch keinen Sinn. Die findest du nicht.«

Enne kamen die Tränen. Sie setzte sich auf den blanken Boden. Ihre Knie zitterten. Sie konnte kaum atmen, weil ihr die Angst um Suse die Kehle zuschnürte. Wenn ihr etwas passierte, war es ihre Schuld. Suse hatte sie gewarnt.

Es kamen immer mehr Leute auf das Dach. Die Tür zum Treppenhaus ging auf und zu. Enne sah nicht hin. Sie blickte in die Menge und stellte sich die schlimmsten Dinge vor. Suse festgenommen, Suse an den Rand gedrückt, Suse zertrampelt. Jemand fasste sie an der Schulter. Sie schüttelte die fremde Hand ab.

»Lass mich!«

»He, Enne! Ich bin's doch!«

Nun hob sie doch den Kopf. Vor ihr stand Suse, zerzaust, der Jackenärmel halb abgerissen, aber heil und gesund. Sie fielen sich in die Arme und hielten sich fest. Noch nie hatte Enne sich so gefreut, ihre Schwester zu sehen.

»Da bist du ja, du alte Nervensäge!«

»Ich freu mich auch.« Suse lachte.

»Wo warst du bloß! Auf einmal warst du weg. Ich hatte solche Angst!«

»Und ich erst.«

»Wie hast du mich gefunden?«

»Zufall. Ich bin einfach irgendwelchen Leuten nachgerannt.«

Am nächsten Tag waren sie zurück auf dem Dorf und schlichen mit schlechtem Gewissen herum. Im Radio wurde rauf und runter über die Jugendkrawalle berichtet. Von *Rowdys* war die Rede, von *Vandalismus* und vielen Festnahmen und dass die Polizei fahnde.

Am Abend saßen sie vor dem Fernseher und hörten sich die Nachrichten an. Der Appetit verging ihnen dabei. Enne sah die Bilder. Sie erfuhr nun auch, dass es einen Unfall gegeben hatte. Leute waren verletzt worden. Deshalb die Absage. Sie schämte sich und sah zu Suse. Die hatte ihr unergründliches Gesicht aufgesetzt und schwieg.

Die Mutter strickte, der Vater trank sein Bier, es war eigentlich wie immer. Enne ging früh zu Bett, Suse folgte ihr.

»Glaubst du, die haben was gemerkt?«, fragte Enne leise.

»Wenn du weiter so guckst wie ein Tier, das zur Schlachtbank geführt wird, dann werden sie misstrauisch«, sagte Suse.

Das dicke Ende kam am Montag in der Schule. Enne kannte Kommissare nur aus dem Fernsehen, nun saß einer leibhaftig vor ihr.

»Du wirst beschuldigt, am Freitag bei den Jugendkrawallen in Berlin dabei gewesen zu sein. Gibst du es zu?«

Enne sah zu Boden und brachte kein Wort heraus. Woher wussten die das? Und hatten sie Suse auch schon in der Mangel?

»Stimmt das?«

Enne zuckte zusammen. »Ja. Ich war in Berlin. Ich wollte das Konzert hören. Aber ich hab nichts gemacht!«

Der Kommissar legte ein Foto vor sie hin. Es zeigte sie inmitten einer aufgebrachten Menge, mit gereckter Faust, den Mund weit aufgerissen.

»Kannst du mir sagen, was du da rufst?«

Enne schüttelte den Kopf.

»Hab ich was gehört?«

»Ich weiß es nicht.«

»Aber wir wissen es. Was du rufst, ist Folgendes: *Nieder mit der DDR*. Gibst du das zu?«

»Kann sein. Aber ich hab das doch nicht so gemeint.«

»Nicht so gemeint?«

Der Kommissar baute sich vor ihr auf, er wollte gerade loslegen, da stand der Vater plötzlich im Raum.

»Wer hat Sie denn reingelassen?«, fragte der Kommissar.

»Ich bin der Vater. Was werfen Sie meiner Tochter vor?«

Enne hatte ihn noch nie so erlebt. So aufrecht und zornig.

»Da kommt einiges zusammen«, erklärte der Kommissar. »Staatsfeindliches Rowdytum. Dazu Vandalismus und Behinderung der Polizei und der Rettungskräfte. Ich fürchte, ich muss Ihre Tochter festnehmen.«

»Aufgrund welcher Beweise?«

Der Kommissar reichte dem Vater das Foto. Der nahm es und betrachtete es lange.

»Also, ich sehe hier eine Halbstarke, die ein bisschen rumbrüllt. Mehr nicht.«

»Staatszersetzendes!«

»Haben Sie eine Tonaufnahme? Oder andere Beweise?«

»Es gibt Zeugen.«

»Wen?«

»Das kann ich nicht sagen.«

Der Vater legte das Foto zurück. Er zog die verdatterte Enne vom Stuhl hoch. »Ich nehme meine Tochter jetzt mit nach Hause.«

»Aber so geht das nicht!«

»Doch, das geht so«, sagte der Vater vollkommen ruhig und bestimmt. Er schob Enne zur Tür. Sie rechnete jeden Moment damit, dass der Kommissar sie zurückholte, aber das tat er nicht.

Im Wagen fing sie an zu zittern, sie konnte nichts dagegen tun. Ihr war kalt bis ins Mark.

12

Die Schlange am Postschalter reichte fast bis zum Eingang. Vorne wollte jemand Geld von seinem Sparbuch abheben, sowas konnte dauern. Die Mutter hatte Christina das Paket am Morgen auf den Tisch gelegt. Onkel Hans hatte bald Geburtstag. Das Paket musste noch heute zur Post. Mit dem Besuch hatte es im Sommer nicht geklappt, sonst hätte Magda ihm wie üblich schon *drüben* etwas gekauft. Ein schönes Hemd vom Exquisit oder etwas in der Art, um die Ostmark loszuwerden, die sie gegen die Westmark hatte eintauschen müssen. Sie dachte praktisch. Stattdessen bekam er nun Werkzeug. Das hatte Magda irgendwo abgestaubt. Sowas konnte Onkel Hans auch gut gebrauchen, nur wurde Christinas Arm schon lahm, denn das Werkzeug wog schwer und es ging nicht voran, wegen des Postsparbuchproblems. Sie stellte das Paket vor sich auf den Boden. Eine Sache ging ihr nicht aus dem Kopf. Sie hatten in der Schule wieder über die anstehende Klassenfahrt gesprochen. Nach Berlin wollten sie fahren, im nächsten Frühjahr schon. Das Problem war, dass das Geld bis Ende des Jahres auf dem Klassenkonto sein musste. Sie trug den Zettel mit der Einverständniserklärung und den Kontodaten schon ein paar Tage mit sich herum. Sie brauchte Magdas Unterschrift, denn sie war erst sechzehn, aber Christina wusste nicht, wie sie es ihr beibringen sollte. Die Mutter reagierte in letzter

Zeit noch empfindlicher, wenn es um Geld ging. Christina ahnte, dass sie die Fahrt verbieten würde, wollte jedoch unbedingt mitfahren, vor allem wegen des Ausflugs nach Ostberlin. Sie hoffte, Enne zu treffen und hatte ihr auch schon geschrieben, aber noch keine Antwort erhalten.

Jemand stieß sie von hinten an. Vor ihr war eine Lücke entstanden, denn es ging endlich weiter. Leider wollte noch jemand Geld von seinem Sparbuch abheben. Die Schlange stockte erneut.

Christina schaute sich um. Nichts gab es hier zu entdecken, nicht einmal neue Sonderbriefmarken. Das Regal mit der Kinderpost, die Formulare und Paketaufkleber in dem Aufsteller neben dem Schalter, das Fahndungsplakat der Baader-Meinhof-Bande, schwarz-weiß gekachelt und rot umrandet, das alles kannte Christina in- und auswendig. Die Plakate hingen in der ganzen Stadt, beim Bäcker, beim Arzt, in den Bussen. Hunderttausend Mark Belohnung waren für einen *Hinweis zur Ergreifung* ausgesetzt. Das Geld könnten sie gut gebrauchen, nun, wo sie nach Berlin wollte und die Mutter die Stellenanzeigen las. Christina sah sich die Leute in der Schlange an. Hatte die Frau vorne am Schalter nicht Ähnlichkeit mit Ilse Stachowiak? Gerade hatte sie sich umgewandt. Der gleiche verschleierte Blick, das runde Gesicht, nur die Haare waren kürzer. Was, wenn sie es wäre?

Christina sah zu den Telefonzellen hinüber. Beide waren besetzt. Sie könnte jetzt keine Polizeistelle anrufen. Außerdem hatte sie nicht genug Kleingeld für den Münzapparat dabei. Die Frau war sicher keine Terroristin. Sie hatte nur zu viel Fantasie.

»Hast du das Paket abgegeben?«, fragte Magda später, als sie am Abendbrottisch saßen. Der Fernseher lief, es gab Nachrichten, sie sahen nicht hin, horchten nur hin und wieder. Die täglichen Katastrophen waren nichts als ein Hintergrundrauschen.

An der Wand stapelten sich die Wäschewannen. Für ein paar zusätzliche Mark bügelte Magda privat, nur kam sie jetzt immer später aus der Wäscherei. Die Chefin verlangte, dass Magda mehr arbeitete, weil Brigitte entlassen worden war.

»Du zwei Wannen, ich den Rest«, sagte die Mutter gerade. Es war nicht so, dass Christina ihr nicht helfen wollte, nur schrieben sie am nächsten Tag eine Klassenarbeit, von der viel abhing.

»Kann ich das nicht morgen machen? Ich muss Mathe lernen.«

»Nimm die einfachen Teile. Ich mach dann später die Hemden. Die Kunden warten schon.«

»Wo willst du denn hin?« Christina hatte gehofft, heute Abend mit ihrer Mutter über die Klassenfahrt reden zu können. Magda guckte vielsagend und auch ein bisschen verlegen. Christina wusste sofort, was Sache war. Magda traf sich wieder mit den Veteraninnen. Diese Abende waren ihr heilig, da konnte kommen, was wollte. Als sei es lebenswichtig, sich die alten Kriegsgeschichten immer wieder zu erzählen.

»Wir fahren nach Berlin«, sagte Christina, denn irgendwann musste es ja heraus.

Magda stutzte. »Wer fährt nach Berlin!«

»Meine Klasse. Im März. War Thema auf den letzten Elternabenden. Du warst ja nie da.«

»Ich kann mir die Zeit nicht stehlen.« Die Mutter trank ihren Tee. »Und was kostet das Vergnügen?«

Christina schob ihr den Zettel über den Tisch. Magda las die Zahl. »Soll ich das Geld drucken? Das unterschreibe ich nicht.«

»Mama! Bitte. Ich hab was gespart. Und ich such mir eine Arbeit. Du musst das unterschreiben.«

»Arbeiten? Du?« Magda lachte eisig. »Du hängst doch die ganze Zeit mit diesen Gammlern rum.«

Magda meinte die Friedensgruppe. Christina ging da hin, weil sie etwas gegen die Aufrüstung tun wollte. Sie trafen sich regelmäßig im Gemeinderaum gleich um die Ecke, um Aktionen zu planen. Beten für den Frieden, singen für den Frieden, schweigen für den Frieden. Sie diskutierten über die Dritte Welt und fairen Handel. Sie sammelten für Brunnen in Afrika. In die Gruppe war sie eher zufällig hineingeraten. Jemand hatte ihr im Vorbeigehen ein Flugblatt in die Hand gedrückt und gemeint, sie könne einfach dazukommen. Das hatte sie überzeugt. Sie hatte sich die blaue Friedenstaube auf den Anorak genäht und eine Antiatomsonne auf die Schultasche geklebt. Statt imperialistischer Jeans trug sie Latzhosen aus dem Weltladen und Flanellhemden vom Flohmarkt. Von da hatte sie auch die Gitarre, blau angestrichen und mit weißen Wölkchen. Die Saiten schepperten, aber für ihre Zwecke genügte sie. Auf dieser Wolkengitarre klampfte sie Friedenslieder im Gottesdienst und manchmal auch auf Demos. *Bella ciao, Dona nobis pacem, Die Moorsoldaten.*

Einmal hatte Magda im Gottesdienst gesessen, um sich die Sache anzusehen.

»Dein Pastor sieht aus wie ein Gammler«, war ihr Kommentar dazu gewesen. »Lange Haare, langer Bart. Kein Wunder, dass du wie ein Hippie rumläufst. Bestimmt hascht der mit euch.«

Sie verlor kein Wort über das Thema, um das es gegangen war, nämlich: *Wer das Schwert nimmt, wird durch das Schwert umkommen!* Stattdessen Haschisch. Dabei rauchte Christina noch nicht einmal Tabak. Sie trank auch weniger. Nicht, dass sie jemals viel getrunken hatte, aber man bekam ja überall etwas vor die Nase gestellt, vor allem als Mädchen. Hier ein Likörchen, da ein Bierchen, dort ein Gläschen Wein.

Nur am Abendmahlskelch nippte sie noch. Sie überlegte, sich taufen zu lassen und nach dem Abi Theologie zu studieren. Pastorin werden. Die Welt zum Frieden bekehren statt Kriegsgeschichten wiederzukäuen, wie ihre Mutter das machte. Wenn die Sprache darauf kam, spottete sie. »Geh du in deine Kirche, sing Friedenslieder und bete, dass es hilft.«

Die Mutter stand vom Tisch auf.

»Unterschreibst du den Zettel jetzt oder nicht?«, fragte Christina. »Ich muss den morgen wieder abgeben.«

Magda sah sie kurz an, ihr Blick war leer. Sie verließ die Küche, ging über den Flur und schloss die Kammer auf. Sie würde sich jetzt für den Abend umziehen. Wenn sie zurückkehrte, roch sie aus jeder Falte nach Spelunke. So kam es aus der Eckkneipe eine Straße weiter. Abgestandenes Bier, Zigaretten, Bratfett. Es war gut möglich, dass sie sich dort in einem verrauchten Hinterzimmer trafen.

Christina räumte den Tisch ab. Sie ließ Wasser ein für den Abwasch. Wenn sie sich beeilte, schaffte sie beides, Bügeln und Lernen. Was den Zettel betraf, nun ja. Herrn Thoben würde es kaum auffallen, wenn sie die Unterschrift nachmachte. Aber ob sie sich das wirklich traute, da war sie sich nicht sicher. Und das Geld musste sie dann auch irgendwie auftreiben.

Am nächsten Morgen saß Magda noch am Tisch, als Christina rüberkam, um zu frühstücken. Sie las die Zeitung. Der Zettel lag noch da, wo Christina ihn gestern zurückgelassen hatte, in der Hoffnung, dass die Mutter doch noch unterschrieb. Sie strich sich ein Brot. »Was ist jetzt mit der Klassenfahrt?«

»Schlag sie dir aus dem Kopf. Ich bin gekündigt.«

Christina ließ das Brot wieder sinken. »Wieso?«

»Die Chefin macht den Laden dicht. Gestern Nacht, als ich heimkam, hing die Kündigung aus dem Kasten. Kann ihr nicht schnell genug gehen, mich loszuwerden.«

»Darf die das einfach so?«

Magda antwortete nicht. Sie nahm die Kaffeetasse, ohne die Zeitung wegzulegen. Im Radio wurde eine Sondersendung angekündigt. Christina hörte nur halb zu. Es fielen Worte wie *Stammheim* und *RAF.* Es ging um nichts anderes mehr.

Magda las aus den Stellenanzeigen vor.

»Begleitung auf Verkaufsfahrten. Leichte Tätigkeit, gute Bezahlung. Das klingt doch auch nicht schlecht.«

»Willst du jetzt für teuer Geld alten Omas Rheumadecken verkaufen?«

»Wenn du davon nach Berlin fahren kannst, warum nicht?«

13
Winter 1977/78

Christina hatte geschrieben. Im März sei sie mit der Klasse in Berlin und einen Nachmittag lang auch im Osten. Das gehöre zum Programm. Ennes erster Gedanke war: die kommen, um sich Ostler anzugucken. Wie im Zoo. Weiter unten fragte Christina, ob sie sich auf dem Alexanderplatz treffen konnten, nur sie beide und weil sie sich lange nicht gesehen hatten. Enne las das und dann noch einmal. Christina meinte es ernst. Sie in Berlin zu treffen, war eine herrlich verwegene Idee und Enne wäre dabei gewesen, nicht nur, weil sie sich zwei Jahre lang nicht gesehen hatten.

An die gemeinsam verbrachten Sommer erinnerte sich Enne wie an alte Filme. Die ersten Tage, die Fremdheit, dieses *hüben und drüben,* bis sie die Mauer vergaßen, die auch durch sie hindurchging. Nun kam Christina in das Berlin, das Enne kannte. Sie stellte sich vor, wie sie ihr alles zeigte. Es war eine schöne Vorstellung, nur ging das nicht. Ein Jahr Berlinverbot und kein Abitur, das hatten sie ihr aufgebrummt wegen ihres Ausflugs mit Suse, damals. Wenn sie nur daran dachte, an dieses Ausgeliefertsein, dann kehrte das schwarze Gefühl zurück, für das sie keinen Namen hatte.

Sie waren in jede Klasse gekommen und hatten sich einen herausgegriffen. Nur Suse war ihnen wieder durchs Netz geflutscht. Die hatte ein Alibi: Sie war schließlich bei Alma gewesen. Keiner konnte etwas anderes behaupten und diejenigen, die es konnten, hielten dicht. Und Suse war wohl nicht auf den Fotos gewesen, denn sie wäre aufgefallen mit ihren schwarzen Klamotten und den auftoupierten Haaren. Sie hatte schlicht Glück gehabt. Enne gönnte es ihr und sie teilte das Geheimnis mit Suse. Sogar Lore fiel auf, dass ihre Töchter die Köpfe nun öfter zusammensteckten. Letztens hatte sie gefragt, seit wann sie eigentlich so dicke miteinander seien.

Enne wusste nicht, was sie auf Christinas Brief antworten sollte, dabei war sie sonst nicht um Worte verlegen, nur konnte sie nicht sagen, wer da mitlas. Kurz hatte sie überlegt, Christina anzurufen. Reden lag ihr mehr. Sie hätte die richtigen Worte gefunden, nur waren Albrechts Apparat allzu lange Ohren gewachsen. Das wussten sie seit Lores letztem Telefonat mit Magda vor zwei Tagen. Da hatte ein Dritter dazwischengeplappert, als Magda Honecker einen Affen genannt hatte. »Ich muss doch sehr bitten!«

Enne schob den Brief an Christina immer weiter vor sich her, bis es schließlich zu spät war. Sie redete auch mit keinem darüber, nicht einmal mit Suse. Dieses Berlinverbot lag ihr wie ein Mühlstein auf der Seele. Dabei konnte sie froh sein. Andere saßen im Gefängnis. Sie wusste, dass sie es ihrem Vater verdankte, so glimpflich davongekommen zu sein. Wie er sie da rausgehauen hatte! Seitdem sah sie ihn in einem anderen Licht.

Als er an einem frühen Wintermorgen die Angel einpackte, wartete sie schon auf ihn. Sie fragte nicht, sondern ging einfach mit. Nun saßen sie schon eine Weile am Wasser, Enne fror. Dem Vater schien der nasskalte

Nebel nichts auszumachen. Der hockte stur auf seinem Dreibein und starrte in die Peene. Ob er wollte oder nicht, nun war die Zeit, zu reden.

»Danke, dass du mich da rausgehauen hast«, sagte sie.

»Weiß nicht, was du meinst.«

»Wegen dieser Berlingeschichte. Du weißt schon.«

Der Vater sah sie nur kurz von der Seite an und dann wieder auf seine Angelrute. »Ach, das.«

Er brummte noch etwas in seinen Bart, das sie nicht verstand.

»Hattest du keine Angst, dass du auch Ärger kriegst?«

»Hab Schlimmeres erlebt.«

Er wühlte in der Tasche, die er immer zum Angeln dabeihatte, und holte die Thermoskanne mit Tee hervor, schraubte den Deckel ab und goss ein. »Hier. Für Frostbüdel wie dich.«

Sie nahm den Tee und trank einen Schluck. »Was hast du denn erlebt?«

»Ach, Deern.«

Enne umklammerte den warmen Becher. Ihre Hände waren ganz taub und starr. »Uns hört hier keiner zu.«

Er richtete die Angel und tat beschäftigt. Nach einer Weile sagte er: »Ich darf nicht darüber reden. Die da«, er hob den Blick zum Himmel, »die hören alles.« Er meinte sicher nicht die Wildgänse, die in Formation und laut kreischend über ihre Köpfen hinwegflogen.

»Nicht hier.«

Die Angelrute bog sich, ein Fisch hatte angebissen. Der Vater holte den Fang ein. Am Haken zappelte ein viel zu kleiner Barsch, für den er sich mehr interessierte als für Ennes Finger.

»Ich geh dann mal zurück«, sagte sie und stand auf. Der Vater nahm den Fisch vom Haken und warf ihn zurück ins Wasser.

»Sett di woller hen!« Das war ein Befehl. »Is' aber keine schöne Geschichte.«

Enne setzte sich. »Ist meine Berlinsache auch nicht, oder?«

»Kinderkram ist das. Wirst mich danach nicht mehr mögen.«

Enne lief ein Schauer über den Rücken, aber sie wollte es hören. »Du bist mein Vater!«

»Eben.«

Endlich fing er an. Stockend und leise sprach er von seinen Brüdern, die beide gefallen waren, der eine in Pleskau, der andere in Fraulautern. »Wir hatten nie von diesen Orten gehört.«

Sie hatten auch nicht gewusst, wo Magda abgeblieben war.

»Mit fliegenden Fahnen ab in den Krieg. Die war so eine.«

Einmal sei ein Brief von ihr aus Frankreich gekommen. Sie sei bei den Flakhelferinnen und es gehe ihr gut.

»Dann kam nichts mehr. Wir dachten, sie ist auch tot. War nicht leicht für die Eltern. Drei Kinder im Krieg geblieben und ich hatte mich gerade freiwillig gemeldet.«

»Wolltest du auch sterben?«

»Mit fünfzehn denkt man nicht so weit.«

Er steckte sich eine Zigarette an und rauchte sie zur Hälfte. Dann redete er weiter. Ein Offizier sei in die Klasse gekommen und habe ihnen erzählt, dass die Russen die Deutschen schlachten wollten. »Grund genug hätten sie gehabt.«

Er habe *den Feind* aufhalten wollen und sich freiwillig gemeldet.

Das Erzählen strengte ihn an. Er rauchte die Zigarette bis zum Ende, die Glut erreichte die verhornten Fingerspitzen, die vom Tabak schon ganz gelb waren.

»Und dann?«, fragte Enne, weil er schon wieder vor sich hin brütete.

»Tja dann.« Er schnippte den Stummel ins Wasser. »Dann hab ich einen Russen erschossen.«

»Hast du nicht«, flüsterte Enne.

»Doch. Hab ich. Du wolltest die Wahrheit hören.«

In das Schweigen fielen die ersten Tropfen. Es fing an zu regnen. Sie packten zusammen. Auf dem Heimweg schoben sie die Räder nebeneinander her. Der Vater war noch nicht fertig.

»Jetzt kommt der Teil, über den ich nicht reden darf«, fuhr er fort. »Kurz nach Kriegsende haben sie mich nämlich festgenommen. Ich war auf dem Weg zur Arbeit. Da haben sie mich vom Fahrrad gegriffen. Eine russische Patrouille.«

»Und dann?«

»Ich kam ins Gefängnis. Sie haben mich zum Tode verurteilt. Warum auch immer, daraus wurden dann drei Jahre Lagerhaft. Sibirien. Wir haben für die Russen Straßen gebaut. Haben nicht alle überlebt.«

»Und warum darfst du nicht darüber reden?«

»Als ich rauskam, musste ich bei den Unsrigen ein Schweigegelübde ablegen.«

»Versteh ich nicht.«

»Weil die Russen keine Lager haben.«

Er stieg aufs Rad, fuhr aber noch nicht los. »Ich hab jemanden erschossem, Enne. Ich hab meine Strafe verdient. Aber du hast nichts Böses getan. Deshalb musste ich dich da rausholen.« Er trat in die Pedale. »Und nun lass uns nicht wieder darüber reden.«

14
Winter 1978

Weihnachten lag hinter ihnen. Nun kamen die Tage der Langeweile. Es hatte wieder nicht geschneit, es regnete ununterbrochen und die ersten Schneeglöckchen guckten schon hervor. Die Zeit zwischen den Jahren schlug ihnen allen aufs Gemüt und machte sie ganz besoffen, weil es nichts zu tun gab. Sie tranken zu viel, denn bis Silvester mussten sie miteinander auskommen. Magda und Christina würden erst an Neujahr wieder abreisen.

Die beiden waren in diesem Jahr über die Feiertage gekommen, weil Magda im Sommer unterwegs gewesen war. Sie hatte eine neue Stelle, irgendwas mit Busreisen und Verkauf. *Markenprodukte,* so behauptete sie. Christina hatte Enne anderes erzählt, nämlich, dass sie gutgläubigen Rentnern teuren Ramsch andrehte. Das Schlimmste aber war, dass die neue Arbeit auf Magda abfärbte. Laut war sie schon immer gewesen, doch nun redete sie wie eine Losbudenverkäuferin, pries und wetterte, wie es ihr gerade in den Sinn kam. Sie meinte es gut, wollte ein bisschen Farbe in die trübe Stimmung bringen und ging nur allen damit auf die Nerven. Lore war auch schon am Ende vom ewigen Fenster-auf-und-Fenster-zu. Sie zählte die Tage, Enne sah es ihrer Mutter an.

Sie hockten schlichtweg zu viel aufeinander. Im Sommer konnte man sich aus dem Weg gehen. Da fuhren sie mit dem Boot oder im Lada irgendwohin, nun hatte alles zu und man konnte nicht einmal baden gehen, nur Magda sprang jeden Morgen ins Wasser. Rote Wangen bekam sie davon auch nicht mehr, aber die Kamper sahen zu, wie sie im Badeanzug und mit der ewig gleichen Stachelbadekappe durchs Dorf ging. Dann standen sie an den Fenstern, es gab ja sonst nicht viel zu sehen.

Bis Neujahr waren es noch drei Tage. Lore hatte Hans schon früh in die Stadt geschickt, Silvesterknaller besorgen, denn das war eine der wenigen Leidenschaften, die Lore pflegte. Zum Jahresende ließ sie es gerne krachen.

Christina war mit ihm gefahren, weil man sich besser zu mehreren anstellte. Enne hatte keine Lust gehabt. Sie saß in der Küche. Magda stand am Spülbecken, vornübergebeugt, weil sie so groß war, die Arme bis zu den Ellenbogen im Wasser. Lore hatte sie gerade an den Tisch zurückkommandiert. »Setz dich hin! Ich mach das hier.«

Nur Suse lag noch im Bett, es waren schließlich Ferien. Deshalb bot sich die Gelegenheit, über Suses Marotten zu reden und über Almas Geheimnisse. Irgendwie schien das zusammenzuhängen.

»Fürs Kind war's besser damals«, sagte Magda. »Da wär doch sowieso nichts draus geworden.«

Lore seufzte unglücklich. »Manchmal denke ich, Suse will Alma die Tochter ersetzen.« Sie trank ihre Tasse leer und stellte sie Magda zum Abwasch hin. »Ich muss dann mal los. Dauert auch nicht lange.«

Sie wollte zu Albrecht, weil der ein Wildschwein geschossen hatte. Da fiel ein Braten ab für das Silvesteressen.

»Wieso sagst du sowas?«, fragte Enne, als sie mit Magda allein in der Küche war. Die Tante blickte sich um. Sie hatte vergessen, dass Enne noch am Tisch saß.

»Was denn?«

»Almas Kind. Und dass es besser tot ist. Das ist doch traurig.«

»Das verstehst du nicht. Waren andere Zeiten.«

Magda widmete sich wieder dem Abwasch. Enne griff sich ein Geschirrtuch und stellte sich neben sie. Sie wollte eine Antwort. »Was ist damals passiert? Du weißt das doch.«

»Nicht viel. Nur, dass Alma ziemlich flott unterwegs war als junge Frau. Und das Kind, na ja, wer der Vater war, wusste keiner. Sie selbst wohl auch nicht.«

»Woran ist es gestorben?«

»War nicht gesund. Ein Krüppel.«

»Wie du das sagst!«

»Worüber redet ihr?« Suse stand in der Tür, noch ganz zerknittert vom Schlaf. Keiner hatte sie die Treppe herunterkommen hören.

»Setz dich«, sagte Magda. »Noch ist der Kaffee warm.«

Suse rutschte auf die Küchenbank. Sie sah noch nicht aus wie eine Krähe, sondern wie eine Dreizehnjährige, die zu lange im Bett gelegen hatte.

»Ging wieder um mich und Alma, oder?«

Magda ließ das Wasser ab. Sie wandte sich Suse zu und versuchte es mit einem Ablenkungsmanöver. »Also, eins muss ich dir sagen. So gefällst du mir besser. Musst nicht immer rumlaufen wie der wandelnde Tod. Das steht dir gar nicht.«

Enne fragte sich, wie lange Suse schon zugehört hatte. Magda wohl auch. Die Tante setzte sich dazu und steckte sich eine Zigarette an. »Deine Mutter macht sich große Sorgen. Was sind das denn auch für Sachen! In deinem

Alter geht man nicht auf Friedhöfe und pflegt die Gräber anderer Leute. Im Dorf reden sie schon.«

»Das tun die doch immer.«

»Und dann diese Affenliebe, mit der du an Alma hängst. Ausgerechnet! Warum benimmst du dich so? Kannst du dir keine normalen Freunde suchen? Welche in deinem Alter?«

Suse ließ das Brot sinken, in das sie gerade beißen wollte. »Die wollen doch gar nichts mit mir zu tun haben. Weil ich nämlich auch nicht normal bin.«

Die Luft knisterte, nur merkte Magda das nicht. Ihr Fell war zu dick. »Dann werde normal! Wenn du so weitermachst, wirst du am Ende auch so eine.«

»Wie Alma? Eine Asoziale?«

»Das hast du gesagt.«

Suse legte das Brot weg. »Ihr kapiert gar nichts!«

Sie ging aus der Küche und die Treppe hoch. Oben warf sie die Tür ins Schloss.

Magda rauchte die Zigarette zu Ende. Die Glut fraß sich bis zu ihren Fingern durch. Im letzten Moment warf sie den Stummel aus dem offenen Fenster in den Vorgarten. »Den Dickschädel hat sie von ihrem Vater.«

Mit vier Raketen und zwei Handvoll Harzer Reibeknallern kehrten Hans und Christina gegen Mittag zurück. Lore hatte Kartoffelsalat gemacht. Dazu gab es Räucherfisch, der musste weg. Sie besah sich die Ausbeute und war nicht zufrieden. »Na, das wird ja ein trauriges Silvester.«

Magda meinte, ihr liege sowieso nicht viel daran.

Nach dem Mittagessen war Suse wieder verschwunden, Enne und Christina lungerten auf dem Sofa herum und wussten nicht so recht, was sie miteinander anfangen sollten, die Minuten tickten zäh. Auch jetzt kam kein gutes Gespräch zustande. Enne erzählte von den Konzerten, auf die sie ging und welche Musik sie hörte, Christina von der Kirchengruppe. Sie fanden nicht zueinander, sie benahmen sich wie Fremde. Die alte Vertrautheit wollte sich nicht einstellen. Es lag wohl noch an Berlin, dabei hatte Enne es Christina, gleich nachdem sie mit Magda auf dem Kamp angekommen war, erklärt.

Christina schlug vor, ein bisschen Rad zu fahren, weil es gerade nicht regnete und weil ihnen sonst nichts mehr einfiel. Enne stimmte zu.

»Dann guckt gleich mal, ob Suse sich wieder zwischen den Gräbern herumtreibt«, trug Lore ihnen auf. Sie war dabei, den Braten einzulegen. »Und wenn, dann bringt ihr sie mit nach Hause.«

Mit *einfach in der Gegend herumfahren* wurde es also auch nichts. Christina sagte, dass sie sich sowieso die Kirche ansehen wollte.

Sie fuhren zum nächsten Dorf. Sie machten kleine Umwege. Das Schilfgras bog sich im Wind, der kam immer von vorn, egal, in welche Richtung sie abbogen.

Angekommen, lehnten sie ihre Räder an die Kirchhofmauer. Dahinter lagen alte Gräber, mittendrin stand eine traurige Dorfkirche.

»Und nun?«, fragte Enne.

»Nun gucken wir.«

Sie liefen zwischen den Grabsteinen herum und lasen die Inschriften, bis Christina Enne anstieß. »Da ist sie.«

Im hintersten Winkel, verdeckt von einer hochgeschossenen Konifere, hockte Suse vor einem Grab.

Christina war schon auf dem Weg zu ihr. Enne zögerte. Sie wollte nicht wissen, was ihre Schwester da trieb. Zwar waren sie sich nach der Sache in Berlin nähergekommen, aber das hier war ihr zu fremd, zu versponnen, zu peinlich.

»Kommst du?« Christina hatte sich nach ihr umgewandt.

Widerwillig folgte Enne.

Suse kniete vor einer Steinplatte und zupfte verwelktes Laub aus den Tannenzweigen, die sie wohl selbst um die Platte herum drapiert hatte, damit es schön und weihnachtlich aussah.

Christina schaute auf die Inschrift und las laut. »Imme. Geboren und gestorben 1947. Wie traurig.«

Suse schreckte hoch. »Was macht ihr denn hier!«

Es hatte wieder angefangen zu nieseln. Sie wischte sich den Regen aus dem Gesicht. »Spioniert ihr mir nach oder schickt Lore euch?«

»Sie sagt, du sollst nach Hause kommen.«

Enne fröstelte. Es lag nicht nur am Winter. Friedhöfe waren immer kalt und düster.

»Wollen wir alle reingehen, in die Kirche?«, schlug Christina vor.

»Ich komme nach, wenn ich fertig bin.« Suse wandte sich wieder dem Grab zu.

»Wir warten zehn Minuten!« Enne schlang die Arme um sich. »Aber dann kommst du mit zurück.«

Wenigstens war es trocken und der Wind fuhr ihnen nicht in die Glieder. Dennoch war ihr unheinlich zumute. In Kirchen fühlte Enne sich befangen und fremd. Allein, dass man hier flüsterte und dann der Geruch. Sie erinnerte sich an die Beerdigung der Großeltern. Da war sie noch klein gewesen. Dass es hier drinnen so karg war, hatte sie vergessen. Damals hatte es Blumen und Kränze gegeben. Nun war die Kirche leer und kahl. Sie sah abblätternde Wände, braune Bänke, einen schlichten Altar, ein Taufbecken. Sie setzte sich. Christina saß schon zwei Bänke vor ihr. Sie hielt den Kopf gesenkt, vielleicht betete sie. Die machte sowas. Sie hatte viel mit ihrem Gott zu besprechen, es dauerte.

Endlich kam Suse. Die Rückfahrt verlief schweigend.

In der Nacht wachte Enne auf, weil jemand aus dem Haus polterte und weil draußen Stimmen zu hören waren. Sie sah auf den Wecker. Die Leuchtzeiger standen auf zwölf. Suse lag auch wach, sie sah den Schimmer ihrer Augen. Christina schien zu schlafen.

»Will der um diese Zeit angeln gehen?«, flüsterte Enne.

Suse schlug die Bettdecke zurück, stand auf und ging zum Fenster. Sie drückte es auf. Eisige Luft wehte herein.

Ein leises Trommeln war zu hören.

»Ist das Hagel da draußen?«

»Eis.«

Die Straße war ein Spiegel und in den Bäumen hingen Sterne. Enne hatte sich neben Suse gestellt, obwohl es jetzt eiskalt war im Zimmer. Draußen standen die Nachbarn mit Taschenlampen in Almas Garten. Ihre Lichter schlugen Schneisen in die Nacht. Das halbe Dorf war auf den Beinen. Gerade kam der Vater aus dem Haus.

»Schietweer!«, rief er zu den anderen hinüber und glitschte über die Straße zu ihnen hin.

»Komm! Wir gucken uns das an«, sagte Suse.

Sie zogen sich etwas über. Christina war nun auch wach. Zu dritt liefen sie die Treppe hinunter.

Die Haustür war offen, Lore stand davor, sie hatte sich Weckgummis über die Gummistiefel gestreift. Das gab ein bisschen Halt auf dem gefrorenen Boden. Mit einem Spaten schlug sie Eiszapfen von den Dachrinnen.

»Was macht ihr denn hier unten!«, fuhr sie die Mädchen an, als sie sie entdeckte. »Ab nach oben und ins Bett!«

Magda steckte den Kopf aus der Küche. Sie war wohl gerade dabei, Kaffee zu kochen, denn es roch danach. »Na, wird's bald!«

Suse drängelte sich nach vorne. »Gegenüber ist doch was passiert!« Sie wollte an Lore vorbei, aber die hielt sie fest. »Da kannst du nicht hin. Stehst nur im Weg rum.«

»Ist was mit Alma?«

»Die ist böse hingefallen.«

»Aber sie lebt noch. Oder? Sie lebt doch noch?!«

Suse riss sich los und schlitterte über die Straße, fiel hin und stand wieder auf. Drüben standen sie mit ihren Taschenlampen. Der Vater kam auf sie zu, aber Suse hatte Alma schon entdeckt, sie lag reglos vor ihrer Haustür.

Als der Tag dämmerte, sehr spät, fast schon gegen Mittag, da war die Welt verschwunden und über dem Kamp lag eine Stille, die war so tief, dass sie einem in den Ohren dröhnte, obwohl der Wind ums Haus pfiff. Es hatte noch in der Nacht angefangen, zu schneien, und das tat es immer noch. Man konnte die Flocken fallen hören. So viel Schnee war schon heruntergekommen, dass sich vor dem Küchenfenster eine Wehe auftürmte. Auf der Fensterbank in der jendrichschen Küche lag auch Schnee, der taute in der Wärme. Der Schneesturm drückte pudrige Flocken durch die Fensterritzen und auch sonst durch jeden Spalt.

Lore hatte Suppe auf den Kohlenherd gestellt. Nun füllte sie etwas in einen Henkelmann. Sie sah übermüdet aus, den Kampf gegen das Eis hatte sie verloren, die Zapfen hingen fast bis zum Boden. Ihre Hände waren noch ganz steif, sie konnte die Kelle kaum halten.

»Ich geh rüber. Sie muss ja was essen.«

Magda schüttelte nur den Kopf. »Dieses Menschenkind! Versteh sie einer.«

Suse saß drüben in Almas Stube und hielt Totenwache. Sie hatten zwar versucht, sie davon abzubringen, aber ohne Erfolg.

»Laat wi de Deern«, hatte der Vater schließlich entschieden.

Gerade kam er herein und klopfte Schnee von Jacke und Hose. »Nix to maaken. Wir sind eingeschneit, nur die Wege haben wir freigeschippt.«

Sie hatten Alma noch in der Nacht in ihrem Schlafzimmer aufgebahrt. Zwei Böcke und darauf eine Zimmertür, die von der Speisekammer, denn Alma hatte kein gutes Bett, nur eine Matratze auf einem durchgelegenen Lattenrost.

Am Morgen hatte Enne ein paar Kerzen rübergebracht, die waren von Weihnachten übrig. Sie hatte sich ein bisschen zu Suse gesetzt, aber so, dass sie nicht in die offen stehende Schlafkammer sehen konnte. Da lag Alma. Das war dann doch zu viel.

»Warum tust du das?«, hatte sie Suse gefragt.

»Einer muss auf sie aufpassen. Damit keine Ratten kommen.«

Allein die Vorstellung jagte Enne einen Schauer über den Rücken. »Das kann doch jemand anders machen. Einer von den Alten. Die kennen sich mit sowas aus.«

»Sie war aber meine Freundin. Die einzige, die ich hatte.«

15

Magda hatte die ganze Zeit vor dem Radio gesessen, bis die Batterien leer waren. Es fuhr kein Zug und kein Bus, sie hatten keinen Strom, die Vorräte gingen langsam zur Neige und sie saßen fest.

»Wenn wir nicht rechtzeitig über die Grenze kommen, was meinst du, behalten die uns dann hier?«, hatte sie Lore gefragt. Sie war in heller Aufregung, so kannte man sie nicht. Christina machte das keine Angst. Sie war lieber auf dem Kamp als in der grauen Stadt.

An Silvester hatte es so ausgesehen, als wenn sie noch lange hier festsäßen. Von Holland bis Polen lag der Norden unter Schnee. Panzer räumten die Straßen. Bis einer zu ihnen durchkam, konnte es dauern.

Zwei Tage vor Dreikönig drang dann doch einer zu ihnen vor. Es fuhren auch wieder Züge. Magda und Christina, die auf gepackten Koffern saßen, machten sich auf den Rückweg. Obwohl die erste Zeit anstrengend gewesen war oder gerade deswegen, fiel Christina dieses Mal der Abschied besonders schwer. Vielleicht lag es auch daran, dass so viel passiert war.

»Wenn ich achtzehn bin, zieh ich zu euch«, sagte sie, als sie schon im Zug saßen. Die Scheibe im Abteil hatten sie nach unten geschoben, so dass sie sich auf der Kante abstützen konnten. Sie reichten sich durch das offene Fenster die Hände. Der Zug fuhr an.

»Das überleg dir mal gut, Mädchen!«, rief Onkel Hans.

»Warum denn nicht?«, meinte Suse. »Wenn sie das will?«

Sie gingen neben dem Zug her, der langsam anrollte. Vorne pfiff die Dampflok.

»Vielleicht lassen sie uns ja gar nicht raus«, meinte Magda, die ihre Unerschütterlichkeit verloren hatte. Sie war blass an diesem eisigen Morgen. Der Schnee türmte sich meterhoch an den Straßenrändern.

»Ach was! Die werden euch schon rauswerfen«, sagte der Vater.

Die Lokomotive gab ein weiteres Signal von sich. Enne zuckte zusammen. Die alte Lok gewann an Fahrt. Ein Schlachtross war das. Vorhin hatte sie den Heizer gesehen, wie er Kohlen in die Glut schaufelte.

Sie gingen schneller, kamen aber nicht mehr hinterher. Magda und Christina winkten. Auch Enne winkte noch lange.

Als der Schnee taute und die Erde wieder zum Vorschein kam, war der Moment gekommen, in dem Lore Enne fragte, was sie nach der Schule machen wolle. Sie saßen gerade beim Abendbrot und alle schienen gespannt auf die Antwort. Enne hatte die Frage schon erwartet. Im Mai war sie mit der Schule fertig. Sie würde ihre Eltern enttäuschen müssen, denn in Lores Vorstellung hatte Arbeit immer mit Erde zu tun. Den Boden aufbrechen, pflanzen und ernten, nicht kriechend wie ein Wurm, sondern gebückt und der Erde zugeneigt, als sei man das dem Land schuldig, so stellte Lore sich Arbeit vor und da war sie sich ausnahmsweise mit dem Vater einig. Das

Land hatte den Jendrichs über Generationen hinweg gehört, hatte sie ernährt und tat es im Grunde immer noch, Kollektivierung hin oder her. Wenn am Abend das Kreuz wehtat und der Dreck unter den Fingernägeln brannte, dann hatte das Leben einen Sinn und man durfte zufrieden sein mit sich und der Welt.

»Du weißt hoffentlich, wo du hingehörst«, sagte Lore und es klang wie eine Drohung. Danach herrschte erst mal Schweigen und die Mutter wandte sich wieder ihrer Strickarbeit zu, einem Pullunder mit kompliziertem Zopfmuster für den Vater.

Ennes Vorstellung von Arbeit ging entschieden weiter und ihre Zukunft hatte nichts mit den jendrichschen Äckern zu tun.

»Ich will Schauspielerin werden«, sagte sie. Lore zog zu hastig an der Stricknadel und es fielen nicht wenige Maschen herunter. »Und ich ziehe nach Berlin.« Warum weiter damit hinterm Berg halten. »Zwar nicht sofort, aber in zwei, drei Jahren. Ich muss ja erst einen anderen Beruf lernen, sonst werde ich nicht zur Aufnahmeprüfung zugelassen.«

»Warum ausgerechnet Berlin?« Lore schaute entsetzt. »Hat dir das letzte Mal nicht gereicht?«

»Da gibt es nun mal die beste Schauspielschule.«

Ob das stimmte, wusste Enne nicht, aber die Stadt behagte ihr, trotz allem. Sie malte sich aus, wie sie in einem Altberliner Haus in einer wilden WG lebte und jedes Wochenende auf ein anderes Konzert ging. Sie war jung, sie wollte etwas erleben.

»Dann kann ich dich ja besuchen kommen!« Suse war die Einzige, die sich freute.

»Na klar!«

Lore fischte die heruntergefallenen Maschen wieder auf und zählte sie. Erst als das Muster gerettet war, wetterte sie los. »Flausen! Ich geh zur Polizei und frag, ob die das Berlinverbot nicht auf Lebenszeit verlängern können!«

»Was hast du denn gegen Berlin?«

»Die Stadt ist nicht gut für dich. Für keinen. Da kommt man nur auf dumme Gedanken. Und dann so nah an der Mauer.«

»Lass sie man erst mal mit der Schule fertig werden und dann ein bisschen in der Erde wühlen. Das bringt sie schon auf andere Gedanken«, beschwichtigte der Vater.

Alle schwiegen sie, nur Lores Nadeln klapperten so laut, dass es wehtat. Sie merkte es und hörte auf zu stricken. Alle sahen Enne an.

»Ich will aber nicht in der Erde wühlen.«

Die Eltern waren fassungslos. »Was denn sonst!«

»Gibt ja noch andere Berufe.«

Wieder schwiegen sie.

»Und unser Land?«, fragte der Vater schließlich. Die Erschütterung war ihm anzuhören. Es tat Enne leid, denn das mit dem Land saß tief bei den Eltern. »Hier geht's nicht ums Land. Hier geht's um *mein* Leben! Und darüber entscheide *ich*!«

»Ach so?« Der Vater beugte sich über den Tisch. »Ich dachte, wir dienen alle nur dem Staat? Der Gemeinschaft? Dem Sozialismus? Kein *ich, mir, mein*? Deine Worte.«

Dass ausgerechnet er ihr in den Rücken fiel. Enne kam so schnell vom Tisch hoch, dass ihr Stuhl umkippte. »Wer redet denn immer von *unserem* Land?«

»War's ja auch, bevor sie es uns weggenommen haben.«

»Jetzt gehört es allen!«

Suse klatschte Beifall und Lore warf ihr einen vernichtenden Blick zu.

»Vom Faxenmachen wird keiner satt«, sagte der Vater.

»Wolltest du nie was anderes als den Kamp? Als du jung warst?«

»Wollen! Wollen! Fang bloß nicht an, was zu wollen. Damit fangen Kriege an.«

Er atmete schwer. Zu viele Worte. Die reichten für die nächsten Wochen oder gleich fürs ganze Jahr. Er verfiel wieder in sein Schweigen und ging. Die Haustür klappte. Wenig später sahen sie ihn unter dem Pflaumenbaum und wie er sein Gesicht in den Wind hielt, als ob der seine Sorgen wegwehen konnte.

Drinnen ging es weiter. Lore war noch nicht fertig mit Enne. »Und welchen Beruf hast du dir so gedacht?«

»Fachkraft für Schreibtechnik.«

»Tippse also.« Sie klang verächtlich. »Willst dir die Hände nicht schettrig machen. Biste dir zu fein für.«

»Der Vorschlag kam von der Berufsberatung.«

Lore nickte. »Erst nehmen die uns das Land weg und dann die Kinder. Schöner Staat!«

Danach ließ sie ihre Wut an den Stricknadeln aus, aber eins hatte sie dann doch noch hinzuzufügen. »In deinen Gammlerklamotten brauchste da gar nicht erst auftauchen. Im Büro sind Rock und Bluse angesagt. Bin gespannt, wie dir das schmeckt.«

Dieses Gespräch verlief so schlecht, wie sie befürchtet hatte.

»Ich geh ins Bett.«

Sie stieg die Treppe hoch und gab sich die allergrößte Mühe, ruhig zu bleiben. Unten zeterte Lore. Sie solle *aber sofort!* wieder herunterkommen, sie seien noch nicht fertig miteinander. Oben warf Enne die Tür mit voller Wucht ins Schloss.

Sie setzte sich aufs Bett und dachte, dass sie nun auch am liebsten den Kopf in den Wind gehalten hätte, denn die Gedanken flogen durcheinander. Sie wollte am liebsten aufhören zu denken. Dann stand Suse in der Tür.

»Kann ich reinkommen?«

»Frag nicht so blöd! Ist auch dein Zimmer.«

Enne warf sich aufs Bett und drehte das Gesicht zur Wand. Unten reagierte sich Lore an Tellern und Töpfen ab, sie räumte die Küche auf. Es schepperte, sie fluchte. Suse schloss die Tür hinter sich und setzte sich auf ihr Bett. Sie schwiegen, bis Lore unten mit ihrer Wut fertig war und der Fernseher lief.

»Warum meckern die eigentlich immer nur an mir rum?«, fragte Enne und starrte die Tapete an.

»Weil sie dich noch nicht aufgegeben haben. Bist ja die Normale von uns beiden.«

Enne setzte sich auf. »Was willst du eigentlich nach der Schule werden? Bestatterin?«

Suse lachte nicht. »Keine schlechte Idee. Ich komme klar mit dem Tod.«

»Ich mein's ernst.«

»Ich auch.«

»Und?«

Suse tippte gegen den alten Teddy, der immer noch von der Decke baumelte. »Ach was. Ich bleib einfach hier.«

16

Sommer 2019

Enne machte einen Punkt. Sie las, was sie geschrieben hatte, das mit der Wut und das, was Eddy gesagt hatte. Dass nichts wieder gut geworden war seit Suses Flucht, weil er es nicht begriff. Es hatte keine Anzeichen gegeben, aber tausend gute Gründe. Alle hatten in diesen Zeiten darüber nachgedacht, abzuhauen, auch Enne, damals, als sie in Bulgarien auf diesem äußersten Zipfel gestanden und nach Griechenland hinübergeschaut hatte. Es hätte nur wenige Schritte gebraucht. Hätte es eine Gelegenheit gegeben, wäre sie dann losgelaufen?

Möglicherweise hatte Suse gar nicht vorgehabt, rüberzugehen. Vielleicht war es einfach passiert, so wie Dinge eben geschahen.

Sie beobachtete Eddy, wie er am Fenster stand und in die Dämmerung starrte oder auf das Haus, in dem Frau Pohl nun wohnte.

»Was siehst du?«, fragte sie.

»Da huscht ein Licht herum. Mal ist es da und dann wieder weg. Du hattest recht.«

»Ja, seltsam, oder? Als wäre da ein Geist eingezogen.«

»Ich würde sagen, sie trägt eine Kerze mit sich herum.«

»Wieso sollte sie das tun?«

»Weil sie keinen Strom hat.«

Daran hatte Enne noch gar nicht gedacht. Das Haus

stand leer, seit Alma auf dem Friedhof lag, bis auf die wenigen Monate, in denen Eddy noch darin gehaust hatte. Damals war er frisch auf den Kamp gekommen.

Und al sie eingeschneit waren, da hatten sie auch bei Kerzenschein gesessen, weil der Strom ausgefallen war, aber das hatte nur wenige Tage gedauert. Frau Pohl lebte schon seit Monaten im Dunklen.

»Was hast du damals eigentlich gemacht, in diesem Schneewinter? Wo warst du da? Da kannten wir uns noch nicht.«

Eddy dachte nach. Es sah so aus, als ob er tief in seine Gedanken tauchte. Enne beobachtete ihn und ihr wurde klar, dass sie im Grunde nicht viel von ihm wusste. Sie hatte auch nie viel gefragt.

»Eddy?«

Er antwortete nicht. Er steckte tief in seinen Erinnerungen. Bestimmt dachte er an Suse. Schließlich waren sie ihretwegen zu dieser frühen Stunde hier in der Küche.

Enne widmete sich wieder dem Brief. Ihr wollte partout kein erster Satz einfallen. Sie zerbrach sich den Kopf und hatte Eddy schon fast vergessen.

»Ich war im Gefängnis.«

»Was?«

»Bevor ich hierhergekommen bin, hab ich gesessen.«

Das hatte sie auch nicht gewusst. Nur, dass er keine Eltern hatte und im Heim aufgewachsen war, darüber hatte er einmal geredet, aber das war es dann auch schon. Man musste ihm alles aus der Nase ziehen, wie damals ihrem Vater.

»Warum? Was hast du getan? Den Wehrdienst verweigert?«

»Ne. Nichts Politisches. Ein Held bin ich nie gewesen.«

Sie sah ihn schweigend an. Vielleicht wollte er auch darüber nicht reden und sie würde nicht fragen.

»Ich hab geklaut. Ich bin ein stinknormaler Dieb.«

Bestimmt wollte er sie auf den Arm nehmen.

»Das ist nicht wahr, oder?«

»Doch, doch. Zigaretten, Schnaps, sowas. Ich war halbstark und mit den falschen Leuten unterwegs. Bin da in was reingerutscht.« Er atmete tief ein. »Ein Jahr Knast. Danach bin ich hierhergekommen. Mit Franz. Den Rest kennst du.«

»Aber warum ausgerechnet hierher? In diese Einsamkeit?«

»Eben. Und weil uns sonst keiner mehr genommen hat.«

»Und später? Du hättest nach der Wende in den Westen gehen können, Suse suchen.«

»Ich hab gewartet.«

»Und wartest du noch?«

»Man wartet doch immer.«

»Worauf?«

Er hob die Hände und ließ sie wieder fallen, eine hilflose Geste war das. »Auf das Leben. Und dass es zu einem kommt.«

»Das Leben kommt nicht. Es geht vorbei.«

»Dann bin ich gerne Zuschauer.«

Enne konnte das nicht stehen lassen. »Aber irgendwas muss es doch geben, für das du lebst. Man kann nicht nur dasitzen und warten.«

»Was soll ich denn machen?«

»Keine Ahnung. Hol endlich dein Akkordeon vom

Boden. Bring es auf Vordermann. Fang wieder an zu spielen. Lass uns tingeln. Irgendwas!«

»Ich repariere Dinge.«

»Ja eben! Warum nicht dein Akkordeon? Ich würde gerne wieder mit dir Musik machen.«

Er lachte in sich hinein. »Du vielleicht. Mir reicht es so, wie es ist.«

Es war zum Verzweifeln. Dass er dasitzen konnte, stunden- und tagelang, um an einem Toaster herumzulöten und dann am Abend zufrieden festzustellen, dass es morgen bestimmt klappte, wenn dieser oder jener Kontakt wiederhergestellt war, das machte sie ganz wahnsinnig. »Du und deine Bedürfnislosigkeit!«

Er nahm ihre Hand. »So bin ich nun mal. Aber du willst wieder Theater spielen. Du willst auf Tour gehen. Du musst kein schlechtes Gewissen haben. Mach das einfach, ich komme schon klar.«

Wie gut er sie kannte. Die Rechtfertigung, wieder auf die Bühne zu steigen und nochmal unterwegs zu sein, die hatte ihr schon auf der Zunge gelegen. Die späte Chance, der Zusatzverdienst, diese ganzen halbgaren Argumente.

»Dann kann ich dich nächsten Sommer also wirklich alleine lassen?«

Er lachte. »Ich bin erwachsen, Enne.«

Er setzte sich, drehte den Brief zu sich und schob ihn Enne wieder hin.

»Und?«, fragte sie.

»Da musst du wohl nochmal beigehen. Der ist noch nicht fertig.«

17

Sommer 1979

Im Sommer nach dem großen Schnee war Christina endlich volljährig. Sie fuhr das erste Mal allein in den Osten, Magda konnte es ihr nicht mehr verbieten. Der Onkel holte sie vom Bahnhof ab, wie immer.

»Na? War's schlimm an der Grenze?«, fragte er, als sie sich mit einem Seufzer auf den Beifahrersitz fallen ließ. Er stellte diese Frage jedes Mal.

»Schon aufregend. Aber es ging.«

So richtig gefilzt worden waren sie nie. Nicht einmal in diesem Winter, als das Visum schon ein paar Tage abgelaufen war, wegen des Schnees. Die Grenzer hatten sie damals durchgewunken, wollten sie nur schnell loswerden.

Nun saß Christina allein bei Onkel und Tante in der Küche, und es fühlte sich vollkommen anders an, weil es so still war. Keine Magda trompetete ihre Meinung heraus, keine Lore öffnete und schloss die Fenster.

»Ich soll von meiner Mutter grüßen«, sagte Christina und packte die Sachen auf den Tisch, die Magda ihr mitgegeben hatte. Parfum für Lore, für Hans eine Heizdecke, Kosmetik für Enne und Suse. Die waren noch unterwegs. Die Sachen stammten aus den Beständen der Kaffeefahrten. Magda hatte keine Zeit gehabt, persönlichere Geschenke zu besorgen. Zwar hätte sie nun das Geld, aber sie war kaum noch zu Hause. Sogar den Dauerwellensamstag hatte sie letztens ausfallen lassen.

Onkel und Tante bedankten sich für die Gaben, Begeisterung kam nicht auf, denn sie waren nicht dumm. Man sah den Geschenken an, dass sie hastig und lieblos zusammengekramt worden waren.

»Wie geht's deiner Mutter?«, fragte der Onkel.

»Ich seh sie kaum.«

»Immer noch diese Busfahrten?«

Christina nickte. Es war ihr peinlich, darüber zu reden. Sie hielt es für Betrug, was Magda tat.

»Hat sie dich einfach so fahren lassen?«

»Nein.«

Magda war gegen die Reise gewesen. Sie ahnte wohl, was Christina vorhatte, nämlich die Fühler Richtung Ostsee ausstrecken. Sie war ja nicht blind. Sie kriegte mit, wie Christina aufblühte, wenn sie auf dem Kamp Ferien machten, nur war die Idee vollkommen absurd.

Christina sah das anders. Sie musste sich bald entscheiden. Im nächsten Jahr hatte sie ihr Abitur in der Tasche, wenn alles gut lief. Magda drängte darauf, dass sie Lehrerin wurde. »Dann wirst du verbeamtet und hast später eine gute Pension. Musst dich nicht so abplagen wie ich.«

Leider konnte Christina nicht so mit Kindern. Da war eine Scheu. Sie wusste aber auch, dass Magda sich mit ihren Vorstellungen von Christinas Zukunft durchsetzen würde, denn ihr fiel da nicht viel ein, außer einer Flucht auf den Kamp. So eine Umsiedlung würde einige Probleme lösen. Wenn sie Magda aus ihrem Leben aussperrte, dann wäre sie endlich frei. Oder nicht? Vielleicht konnte sie in der LPG arbeiten, wie Onkel und Tante, von irgendetwas musste sie schließlich leben, aber ansonsten hätte sie ihre Ruhe. So dachte sie. Der Versuch, dies alles der Mutter zu erklären, war gründlich gescheitert. Die hatte nie kapiert, dass Christina mit Menschen nicht so konnte. Aus diesem Grund hatte sie auch die Theologie verworfen. Als Pfarrerin hätte sie mit Menschen zu tun gehabt. Das lag ihr nicht.

»Wer geht denn freiwillig nach drüben! Terroristen vielleicht. Ich glaube, ich muss mal mit deinem Pastor reden! Seitdem du zu dem rennst, hast du diese Hippieideen!«

Christina redete dann selbst mit ihm. Er war einer der wenigen, dem sie sich anvertraute, aber er fand das mit der Umsiedlung ebenso verrückt wie Magda. »Du wärst eingesperrt. Die überwachen dich auf Schritt und Tritt.« Er sei mit einer Delegation drüben gewesen, habe eine befreundete Kirchengemeinde besucht, das sei alles kein Spaß. »Wenn du die Einsamkeit suchst, geh zu den Marienschwestern nach Darmstadt oder so.«

Aber sie wollte nicht ins Kloster, in enge Räume hinter dicken Mauern. Sie wollte auf den Kamp. Er kannte diesen Flecken Erde nicht, an dem sie sich so zu Hause fühlte, diese weite Landschaft, wo der Blick sich endlos verlieren und man sich selbst vergessen konnte.

Lore hatte gebacken, wie immer. Sie tranken Kaffee und aßen Kuchen. Noch wartete Christina auf den richtigen Moment, um es Onkel und Tante zu sagen.

»Wo ist Enne?«, fragte sie stattdessen.

Die arbeitete noch. Christina hatte nicht daran gedacht. Enne hatte eine Ausbildung begonnen, als Sekretärin, wie Magda ihr erzählt hatte.

»Und Suse?«

Die kam genau in dem Moment, in dem sie gefragt hatte, zur Tür herein. Christina erkannte sie kaum wieder. Sie sah so normal aus. Nichts an ihr war mehr krähenhaft. Die Haare, die sie früher schwarz gefärbt und hochtoupiert hatte, trug sie nun raspelkurz abrasiert. Das Blond kam wieder durch. Sie steckte in einem Blaumann und einem karierten Flanellhemd, sie sah nun ganz und gar nach Malocherin aus. Es stand ihr sogar.

Später ging sie mit Suse am Wasser spazieren, ein bisschen die Beine vertreten nach der langen Zugfahrt.

»Warum bist du kein Grufti mehr?«, fragte sie. »Jetzt sieht man die doch überall?«

»Eben. Macht keinen Spaß mehr.«

»Gehst du noch auf den Friedhof?«

»Manchmal.«

Das Gespräch verlief schleppend.

Als sie zurückkehrten, war Enne gekommen und aus der Küche duftete es nach Würzfleisch. Später saßen sie alle am Tisch und wussten immer noch nicht, was sie sagen sollten. Magda fehlte. Die hatte immer gleich drauflosgeplappert.

»Warum bist du ohne deine Mutter gekommen?«, fragte Enne schließlich.

Da rückte Christina mit dem heraus, worüber sie schon so lange nachdachte. »Ich habe mir etwas überlegt. Was würdet ihr sagen, wenn ich hierherziehe?«

Alle sahen sie an, niemand antwortete, keinem fiel etwas dazu ein.

»Also, ich meine, für immer. Wie würdet ihr das finden?«

»Das ist nicht witzig«, sagte Suse. »Die lassen dich dann nicht mehr raus. Du kannst deine Mutter nicht mehr sehen.«

»Ist mir egal. Ich will nur hier sein. Und ich meine es ernst.«

»Aber warum, um Himmels willen?«, fragte nun auch der Onkel.

»Weil ich gerne hier bin. Weil ich die Gegend mag. Und weil ich zu Hause krank werde.«

»So einfach ist das nicht«, sagte Lore. »Wo willst du denn wohnen? Und was willst du arbeiten?«

»Ich dachte, ich könnte erst mal hierbleiben? Ich brauche nur ein kleines Eckchen. Und Arbeit, na ja, vielleicht in der Landwirtschaft? Mir ist alles recht.«

»Das ist hier alles ein bisschen anders«, erklärte der Onkel. Lore lachte freudlos. »Ein bisschen? Ich will dir mal sagen, wie sowas abläuft. Du müsstest zuerst in ein Aufnahmelager und dann brauchst du eine Zuzugsgenehmigung. Und, und, und! Du kannst auch nicht einfach hier in der LPG anfangen, so als Bundesbürgerin.«

»Wenn wir sie bei allem unterstützen würden, dann ginge das vielleicht leichter«, sagte Enne. »Also, rein theoretisch könntest du auch in der Zuckerfabrik arbeiten, wenn dir das egal ist.«

»Ist es.«

Lore wischte das alles weg. Sie hatte tausend Einwände. Christina solle ihr Leben nicht wegwerfen, drüben gebe es doch viel mehr Möglichkeiten, sie werde einen solchen Schritt bald bereuen.

Als sie später oben in den Betten lagen, war Christina zum Heulen zumute. Wie naiv sie doch war. Und wie dumm. Wie immer hatten alle recht, die ihr ins Gewissen redeten. Wie hatte sie auch annehmen können, dass es möglich wäre, so zu leben, wie sie es sich vorstellte.

18

Herbst 1981

Mit zwanzig zog sie endlich aus. Sie ging nach Bayern. Sie mochte zwar keine Berge und es war ihr in dieser großen Stadt ebenso zuwider wie in der grauen, aus der sie kam. Wenn sie den Kamp nicht haben konnte, dann war ihr alles andere auch egal, nur eines nicht. Sie wollte weit weg von Magda, die ihr in alles reinredete. Nur litt sie an Heimweh. Damit hatte sie nicht gerechnet. Doch zurückzukehren oder auch nur wieder in die Nähe der grauen Stadt zu ziehen, das kam nicht in Frage. Sie konnte sich außerdem die Feigheit nicht verzeihen, dass sie Magdas Rat gefolgt war und auf Lehramt studierte, damit die Mutter endlich Ruhe gab. Sie hatte sich für Deutsch und Religion entschieden und fürs Gymnasium, ausgerechnet. Weil man da mehr verdiente. Magda war stolz auf ihre Tochter, dabei hatte Christina nur kapituliert. Sie besuchte die Seminare und Vorlesungen und vertrieb sich die übrige Zeit damit, alte Menschen zu beobachten. Aus einem unerfindlichen Grund brachte sie das zur Ruhe.

Auf dem Weg zur Uni musste sie an einem Altenheim vorbei. Da hatten die Bewohner in dem großen Raum zur Straße hin alte Schlager gesungen. Hier reichten die Fenster bis zum Boden. Die Szene hatte einen so friedlichen Eindruck auf sie gemacht.

Nun war schon Advent und die Fenster waren mit Sternen dekoriert. Christina fragte sich, ob die Bewohner die selbst gemacht hatten. Singen, Gymnastik, basteln. Es hatte etwas Tröstliches, dabei zuzusehen. Die Heimbewohner mussten sich vor dem Leben nicht mehr fürchten, wie sie es tat. Sie hatten die Zukunft hinter sich. Christina traute sich ihre nicht mehr zu.

Die Erstsemesterversammlung im Audimax saß ihr auch noch in den Knochen. Kein *Willkommen*, kein *Schön, dass ihr da seid*! Stattdessen wollte man ihnen *keine unnützen Hoffnungen machen*. Es wurden nicht alle gebraucht, denn sie waren, leider Gottes, zu viele. Wenn man dann noch so dumm gewesen war, Gymnasiallehrerin für Deutsch und irgendwas werden zu wollen, dann solle man lieber gleich den Taxischein machen. Warum hatte Magda das nicht gewusst?

Keiner hatte nach der Veranstaltung so belämmert in der Gegend herumgestanden wie Christina Jendrich, die der Dekan in seiner Ansprache persönlich gemeint haben musste. Sie hatte ausnahmslos Fächer gewählt, die er als »brotlos« aufgezählt hatte. Sie schien die Einzige zu sein.

Jemand hatte sie angerempelt. Kein Wunder, sie stand mitten im Weg.

»Hey, tut mir leid!«

»Wieso? War eindeutig meine Schuld, oder?«

In dem ganzen Durcheinander war da plötzlich ein Lächeln gewesen.

»Ich bin Rieke. Deutsch und Kunst«, stellte die junge Frau sich vor. Noch so eine Verliererin.

»Christina. Deutsch und Religion.«

»Wann wollen wir mit dem Taxischein anfangen?«

Rieke brachte Christina zum Lachen. »Keine Chance. Ich hasse Autofahren.«

Gemeinsam waren sie aus dem Audimax gegangen, hatten sich dies und das erzählt und festgestellt, dass sie in demselben heruntergekommenen Wohnheim gelandet waren, nur dass Rieke in einem anderen Trakt wohnte. Das Heim umfasste einen ganzen Block samt Innenhof und hatte mehrere Eingänge. Deshalb waren sie sich noch nicht über den Weg gelaufen. Sie hatten sich gegenseitig ihre Zimmernummern genannt mit dem Versprechen, sich ganz bald zu besuchen. Inzwischen hatte sie Riekes Nummer längst vergessen und Rieke ihre wohl auch. Daran dachte sie, als sie vor dem Seniorenheim stand, dessen Speisesaal leer zurückstarrte.

Eine Frau kam heraus und schob einen Mann im Rollstuhl über die Straße, direkt auf Christina zu.

»Grüß Gott!« Der Mann hob langsam die Hand.

»Guten Tag.« Der bayrische Gruß wollte ihr noch nicht so recht über die Lippen.

Die Frau blieb vor ihr stehen und musterte sie argwöhnisch. »Kann ich Ihnen helfen? Ich hab Sie hier schon öfter gesehen. Suchen S' jemanden?«

»Nein. Also … Entschuldigung.«

Sie floh in ihre Höhle.

Wie gut, dass die Mutter das Loch, in dem sie hauste, nicht kannte. Sie hätte nie geglaubt, dass sie jemals schlechter wohnen würde als hinter dem Kleiderschrank. Das sagte sie nicht, wenn sie die Mutter sonntags aus der Telefonzelle an der Ecke anrief, immer für eine Mark. Stattdessen log sie. Alles sei super hier, es gehe ihr gut, das Studium laufe prima und sie habe nette Freunde gefunden. Alles andere ging Magda nichts an. Sie sollte sich keine

Sorgen machen, denn sie hatte sich für die Tochter krummgelegt, damit die es besser hatte. Nun schickte sie auch noch Pakete, damit sie nicht verhungerte.

Heute war Freitag und Christina hoffte auf ein solches Paket. Manchmal kam es auch erst am Samstag. Einmal war eines verloren gegangen und wieder aufgetaucht. Sie musste es von der Poststelle abholen. Die Wurst darin war schon schimmlig gewesen und hatte gestunken.

Nun schaute sie auf dem Schwarzen Brett nach, ob da ihr Name stand. Der Hausmeister sammelte die Post. Es war kein Paket für sie gekommen.

Eine angebrochene Packung Bratwurst lag auch noch eingepackt draußen auf der Fensterbank, tiefgefroren, dem Winter sei Dank. Die Temperaturen waren eisig und das mit der Fensterbank hatte sie sich von den anderen abgeguckt. Ein eigener Kühlschrank gehörte nicht zum Inventar. Sie hatte die Wurst vorsichtshalber mit Paketband festgebunden, denn sie wohnte im ersten Stock. Erst kürzlich war ihr eine ganze Mettwurst ins Beet gefallen und verschwunden. Sie war nicht die Einzige, die das BAföG-Amt hängen ließ.

Als sie ins Zimmer kam, schlug ihr der übliche klamme Geruch entgegen, wie aus alten Gemäuern. Sie drehte die Heizung auf, nur kurz, sie musste sparen, ihre Kleidung roch auch schon muffig. An manchen Tagen fürchtete sie, selbst zu verschimmeln.

Nachdem sie gegessen hatte, fühlte sie sich ein wenig zuversichtlicher. Sie wickelte sich in die Wolldecke. Es wurde Zeit, sich um das Referat zu kümmern, das sie bald halten musste. Romantische Lyrik. Novalis, Eichendorff.

Es war schon dunkel, da saß sie immer noch über den

Büchern. Sie schreckte erst hoch, als es klopfte, und dieses Mal waren es nicht die Rohre. Jemand rief ihren Namen.

»Christina?«

Sie öffnete.

»Ja?«

Draußen stand der Nikolaus.

»Ho! Ho! Ho!«

Er klang wie eine Frau und Christina erkannte Rieke.

»Wieso hast du dich verkleidet? Was tust du hier!«

»Kann ich reinkommen? Du müsstest natürlich vorher ein Gedicht aufsagen.«

»Ich hab alle vergessen.«

»Schlapper Auftritt«, meinte Rieke und drängelte sich an Christina vorbei. »Kaffee wär übrigens super. Hab heute noch nichts Warmes gehabt.«

Christina setzte Wasser auf. Sie fand auch noch ein paar Kekse. Die hatten im letzten Paket gelegen. Selbstgebackenes von Magda. Die waren schon hart, aber Rieke tunkte sie ein. Sie redeten über dies und das, bis Rieke fragte: »Lust auf einen Job? Dieser Kaffeeladen in der Innenstadt sucht noch Leute. Prospekte verteilen in der Fußgängerzone. Ziemlich einfach. Die machen eine Rabattaktion. Fünf Mark die Stunde. Nicht die Welt, aber Kaffee gibt's auch umsonst.«

Am nächsten Tag ging Christina mit. Bislang hatte sie sich die Stadt noch nicht richtig angesehen, war nur hastig hindurchgelaufen, wenn sie einkaufen musste oder zur Unibibliothek. Nun standen auf dem Marktplatz Glühweinbuden und solche mit Weihnachtsnippes. Eine Bläsergruppe spielte *Little Drummerboy.* Christina dachte, dass sie sich schon wie die Alten aus der Residenz benahm. Sie brauchte jemanden, der sie ausführte. Mit den Prospekten fühlte sie sich auch unwohl, sie stand in der Gegend herum, bis jemand ihr einen Zettel abnahm. Sie wollte sich nicht aufdrängen.

Rieke stieß sie an. »He, was ist denn? Du musst schon auf die Leute zugehen, sonst wirst du die Prospekte nie los.«

Also riss sie sich zusammen und ging auf den Nächstbesten zu. »Heute Rabattaktion im Kaffeeladen. Ein Pfund kaufen, zwei Mark sparen.«

Er trug eine Lederjacke und schaute auf sie herunter.

»Du weißt schon, dass das Ausbeuter sind?«

»Wen meinst du?«

»Na die!« Er zeigte zum Kaffeeladen hin.

»Wieso?«

»*Dritte Welt*? Kolonialismus? Klingelt da was?«

Christina wollte ihm den Prospekt wieder abnehmen, der Typ nervte, aber er gab ihn nicht wieder her. »Die beuten die Indios in Südamerika aus. An deinem Rabattkaffee klebt Blut.«

»Das ist nicht mein Kaffee. Das ist nur ein Job. Und du musst den Prospekt ja nicht nehmen. Gib ihn mir einfach zurück oder wirf ihn weg. Ist doch egal.«

»Egal?«

Wie er sich aufplusterte. Er fing an, ihr einen Vortrag zu halten, redete wie gedruckt. Bald blieben weitere Passanten stehen, denn wie es aussah, wollte er sie bekehren, und dazu brauchte er Publikum. Die Bläsergruppe spielte *Tochter Zion*.

Als er fertig war, griff er in seine Tasche und zog ein eigenes Flugblatt heraus. »Hier. Kannst ja mal vorbeikommen. Teach-in zum Nato-Doppelbeschluss. Da kannste was lernen.«

Er verteilte seine Zettel auch an die Umstehenden und ging endlich weiter. Christina atmete auf.

»Was wollte der denn!?«, fragte Rieke.

»Mich zu einem Teach-in einladen.« Christina knüllte das Flugblatt zusammen und warf es in den nächsten Mülleimer.

»Dieser Spinner!«

»Kennst du den etwa?«

»Toni von der MG. Wer kennt den nicht.«

»Was ist MG?«

»Also echt jetzt, studierst du oder pennst du in der Uni? Das ist die Marxistische Gruppe. Die predigen den Kommunismus.«

19

Enne hatte sich in Berlin und Rostock für die Aufnahmeprüfung beworben, nur war sie sich nicht sicher, ob sie überhaupt noch auf die Schauspielschule wollte.

In dem Jahr, als Christina sie allein auf dem Kamp besucht hatte, waren Franz und Eddy vorübergehend in Almas altes Haus gezogen, zwei junge Kerle und neu in der LPG. Die beiden fuhren Trecker und reparierten Maschinen, sie machten auch Musik und nannten sich *Die Steuermänner*. Eddy spielte Akkordeon, Franz Gitarre. Eddy war der Stille, der Mann der zweiten Reihe, Franz hingegen wickelte sie alle um den Finger. Enne fand, dass er gut aussah. Groß und schlaksig, lange Haare, lässiger Gang, und er hatte diese ganz besondere Art.

Sie hatten sich im Bus getroffen. Enne kannte ihn da nur flüchtig vom Sehen. Sie waren an derselben Haltestelle ausgestiegen und Franz hatte sie gefragt, ob sie mit ihm tanzen wolle, hier und gleich. Das war so verrückt, dass sie einwilligte. Sie fanden sofort denselben Takt. An welches Lied er dabei gedacht hatte, wollte Enne später wissen. Er sagte, er habe nur den Wind gehört und die Vögel. Für Enne war es ein Walzer gewesen. Die Leute drum herum hatten geguckt, nun ja, die Jugend. Später, als sie es längst bereute und auch nicht mehr verstand, da dachte sie, dass sie sich in den Mann verliebt hatte, der Franz hätte sein können.

Seit dem Tanz waren sie zusammen oder auch nicht. Franz ließ das offen. Er war einer, der sich nicht festlegte und Enne hatte sowieso Prüfungen gehabt. Da blieb keine Zeit für Auseinandersetzungen. Nun war ihre Ausbildung zu Ende. Bei der Zeugnisübergabe hatte der Direktor sie alle einzeln auf die Bühne gerufen und zu jedem ein persönliches Wort gesagt, zu ihr als Jahrgangsbester ein paar Worte mehr. Lore war fast geplatzt vor Stolz, auch wenn sie es nicht zugeben wollte. Dabei hatte Enne es allen recht machen wollen. Zwar wühlte sie nicht in der Erde, dafür saß sie im Büro der Zuckerfabrik, nicht weit weg von den *ehemals jendrichschen Äckern*, auf denen jene Rüben wuchsen, die sie hier verarbeiteten. Enne konnte es nicht mehr hören. Ihr waren auch die Worte des Direktors zuwider, mit denen er sie später an der Bar noch zuleierte.

»Tja, Fräulein Jendrich. Da haben sie jetzt einen schönen Beruf fürs Leben. Nun fehlt nur noch die Familie. Heiraten und Kinder kriegen, eigene Wohnung, vielleicht ein Auto, in ein paar Jahren. Gibt's denn schon einen Auserwählten?«

Er hatte ein wenig Schlagseite gehabt und zwinkerte ihr zu, als habe er im Scherz gesprochen. Den *Auserwählten* gab es zwar, aber der ließ sie mal wieder sitzen.

»Ich will noch was anderes machen«, sagte sie mehr zu sich als zum Direktor.

»Ach was! Warum denn das?«

Er bestellte Sekt für sie beide und rückte näher. Sie spürte sein Knie an ihrem Schenkel, es mochte ein Versehen sein. Sie verfluchte Franz, der sie einmal mehr hängen ließ. Er war mit Eddy unterwegs. Die Steuermänner spielten auf irgendeiner Betriebsfeier. Vier Mark pro Kopf, Essen und Trinken frei. *Wenn ich da fertig bin, mach ich mich sofort auf den Weg!*

»Mein Freund kommt gleich«, sagte sie zum Direktor. Der verstand den Wink, er war ja nicht aus Holz. Er rückte von ihr ab, machte noch einen Scherz und ließ sie schließlich allein. Franz tauchte nicht auf. Er betrank sich, das glaubte Enne, an einer anderen Bar und schäkerte mit einer fremden Frau, so war das meistens. Morgen würde er angekrochen kommen und um Verzeihung bitten.

Sie fuhr zur Aufnahmeprüfung nach Berlin und fiel durch. Während sie von dem Schiff mit acht Segeln sang, dachte sie an Franz, der, wie vermutet, am Morgen nach der Abschlussfeier mit schwerer Schlagseite vor ihrer Tür gestanden hatte, wie erwartet. Sie hatte ihn einfach stehen lassen und es ging ihr nicht aus dem Kopf. In Rostock kam sie immerhin eine Runde weiter. Sie wusste nicht, ob sie sich darüber freuen sollte, denn inzwischen hatten sie sich wieder versöhnt.

Sie sagte Franz noch nichts von Rostock, weil sie selbst nicht wusste, was sie damit anfangen sollte. Am Wochenende hatten sie einen Ausflug geplant, Boofen in Schandau, da würde sich bestimmt eine Gelegenheit ergeben, die Sache in Ruhe mit Franz zu besprechen. Jedenfalls hoffte sie das. Sie waren zu viert. Eddy kam auch mit, außerdem Lisa, ihre alte Schulfreundin, damit Eddy jemanden hatte, und drei war sowieso eine blöde Zahl. Lisa arbeitete im Hotel an der Rezeption und modelte nebenher. Franz vergaffte sich sofort in sie und später waren sie verschwunden. Sie hätte es wissen müssen. Enne betrank sich mit Eddy am Lagerfeuer. Er war gar nicht mal so verkehrt.

Als sie am Sonntagnachmittag wieder zu Hause in der Stube stand, zur Kaffeezeit, saß die Familie wie üblich am Tisch. Es duftete nach Kuchen. Enne kamen die Tränen. Der Anblick der Familie, der Duft, die Verlässlichkeit, das alles rührte sie. Auch dass keiner so recht Notiz von ihr nahm, weil sie einfach dazugehörte und es niemanden überraschte, dass sie hier stand. Sie setzte sich. Alle starrten sie auf den Fernseher und auf das graue Flimmern. Sie tat es auch.

»Ist der kaputt?«

»Papa hat ’ne neue Antenne organisiert«, sagte Suse. »Gibt besseres Westfernsehen.«

Der Vater stand hinter dem Gerät und fummelte daran herum. Lore beugte sich über den Tisch, wollte Enne ein Stück Kuchen auftun, hielt aber mitten in der Bewegung inne. Die beladene Kuchengabel hing in der Luft, Teigstückchen und Sahne bröckelten ab. Auf dem Bildschirm schälten sich Konturen heraus.

»Da ist er!«, rief sie. Der restliche Kuchen klatschte auf Ennes Teller. Aus dem Rauschen wurde Musik und aus dem Flimmern ein Bild. Ein Mann im Bademantel saß an einem gläsernen Flügel, er sang und spielte.

»Wie der Sarg von Schneewittchen«, meinte Suse.

»Das ist eben was Besonderes«, sagte Lore. Sie war ganz vernarrt in Udo Jürgens. Der verschwand schon wieder im Schnee. Bestimmt hatte sie von irgendeinem Nachbarn erfahren, dass der heute im Fernsehen spielte und hatte den Vater dazu gekriegt, endlich die neue Antenne anzubringen. Der Fernseher rauschte. Der Vater fluchte.

Enne aß den Kuchen und stand auf.

»Willst du nochmal weg?«

»Nur kurz an die frische Luft.«

»Ich komm mit«, sagte Suse.

Eddy saß am Steg. Er spielte Akkordeon. Als er die beiden kommen sah, hörte er auf. Enne setzte sich neben ihn, Suse blieb stehen. »Spiel doch weiter«, sagte sie. Eddy ließ sein Instrument atmen und griff dann wieder in die Tasten. Ein Lied von Renft, den er verehrte. Suse summte mit. *Als ich wie ein Vogel war.*

»Ich geh nach Rostock«, sagte Enne. »Ich mach Schluss mit Franz.«

Suse setzte sich neben sie. Sie legte der Schwester den Arm um die Schulter.

Franz war reumütig, er versprach, sich zu bessern. Er hatte ihr vorgeschlagen, bei den Steuermännern mitzumachen, hatte ihr den Mund wässrig geredet. »Du machst die Kabarettnummern und wir die Musik. Wir kommen ganz groß raus! Das wird klasse.« Sie könne doch so gut schauspielern, auch ohne diese blöde Schule, und singen und tanzen. »Wir gehen in die Betriebe und reden mit den Leuten, fragen, wo der Schuh drückt. Wir können etwas bewirken. Das willst du doch auch, oder?«

Da war er wieder. Franz der Träumer und Visionär. In den hatte sie sich einmal verliebt. Sie wollte ihm auch jetzt noch glauben. Sie sagte Rostock ab. Es war ohnehin ungewiss, ob sie sie am Ende nahmen, sie war ja schon über zwanzig.

Eine Weile ging das gut mit ihnen beiden und mit den Steuermännern. Enne arbeitete weiter in der Zuckerfabrik und ansonsten tingelten sie von Betriebsfeier zu Betriebsfeier. Das war kein schlechtes Leben. Franz machte ihr einen Heiratsantrag. Sie schmiedeten Pläne. Sie wollten gemeinsam auf Wohnungssuche gehen, am besten in Anklam, das war nicht weit weg und ein Theater gab es dort auch.

Sie verabredeten sich auf dem Wohnungsamt. Enne stand pünktlich vor dem Verwaltungsgebäude. Es war Montag, Franz und Eddy waren am Wochenende unterwegs gewesen. Franz kam nicht. Sie ging allein hinein.

Mit ihr standen viele junge Frauen an, manche mit Kindern, manche schwanger. Enne dachte, dass ihre Theatertränen hier nicht viel nützten, und Franz ließ sie mal wieder hängen. Sie überlegte zu gehen, zögerte aber zu lange. Dann war sie an der Reihe.

Die Frau hinter dem Schreibtisch hörte sich Ennes Geschichte an. Sie verzog dabei keine Miene. Solche Geschichten hörte sie jeden Tag in verschiedenen Variationen. Enne dachte sich ihre in diesem Moment aus, darin war sie gut. Sie verstehe sich nicht mit den Eltern, auch nicht mit der Schwester, mit der sie sich ein Zimmer teile, es gebe nur noch Streit, es ginge gar nicht mehr. Sie ließ nicht unerwähnt, dass sie in ihrem Betrieb als Aktivistin ausgezeichnet worden war und dass sie mit einem bescheidenen Zimmerchen zufrieden sei, ganz egal, in welchem Zustand, selbst, wenn es durchregnete. Ihr Verlobter sei handwerklich begabt. Sie bettelte geradezu um eine Bruchbude. Die Tränen kamen ganz von allein, denn sie glaubte sich die Geschichte schon selbst.

Die Frau zog schließlich einen Karteikasten zu sich heran und blätterte mehrmals vor und wieder zurück. Sie schüttelte den Kopf, zog dann aber doch eine Karte heraus und betrachtete sie lange.

»Wenn Ihnen alles egal ist, also der Zustand … und für Kinder ist das gar nichts, aber Sie sind ja nicht schwanger, oder?« Sie musterte Ennes Bauch. »Das hier ist unser Ladenhüter. Kommt immer wieder zurück. Altbau. Zweiraumwohnung. Ist eigentlich viel zu groß für Sie, Fräulein, aber wenn Sie verlobt sind … Da liegt auch einiges im Argen. Dach ist kaputt, die Elektrik, na ja, Kohleheizung, Klo auf halber Treppe.« Sie seufzte betrübt. »Ne, das ist doch nichts.«

»Hauptsache, ein Dach über dem Kopf!«

»Ein kaputtes. Wenn Sie unbedingt wollen, dann können Sie sich das ja mal angucken.«

Enne nahm den Schein und ging. Auf der Straße umarmte sie eine wildfremde Frau, weil sie ihr Glück nicht mehr aushielt. Sie stellte sich vor, welche Augen Franz machen würde, wenn sie ihm den Berechtigungsschein zeigte.

Die Wohnung lag nur wenige Schritte vom Theater entfernt. Enne deutete das als Zeichen. Auf dem Weg dorthin war Franz ihr dann doch noch entgegengekommen, hatte irgendeine Entschuldigung gestammelt. Er roch nach Alkohol. Es musste gestern wieder hoch hergegangen sein, aber Enne wollte jetzt nicht streiten, sie war viel zu glücklich.

Vor dem Haus blieben sie stehen und selbst Ennes Begeisterung ließ schlagartig nach. Der Putz war abgefallen, man konnte den nackten Backstein sehen. Vereinzelt fehlten Fenster.

»Vielleicht ist es ja drinnen gar nicht so schlimm«, sprach sie sich selbst Mut zu.

»Bestimmt fällt uns das Dach auf den Kopf.«

»Hättest ja mitkommen können aufs Wohnungsamt!«

Enne ließ Franz stehen und ging hinein. Sie hatte sich die Wohnungsbesichtigung anders vorgestellt, nun stritten sie schon wieder.

Das Licht im Hausflur funktionierte nicht, aber durch die kaputten Scheiben drang Licht. Es roch nach Mäusen. Sie stieg die Treppe hoch. Die Stiegen knarzten unter ihren Füßen.

Die Wohnung befand sich ganz oben, im dritten Stock unter dem Dach. Die Wohnungstür stand einen Spalt offen. Sie schob sie auf, dahinter schabte etwas über das Parkett, ein alter Stuhl, noch heil, nur staubig.

Der Flur war so groß wie ein Saal. Der hätte allein schon zum Wohnen gereicht. Zwei geräumige Mansardenzimmer gingen links und rechts davon ab. Geradeaus befand sich die Küche. Krempel, Koffer und Kleidungsstücke waren von den letzten Bewohnern zurückgelassen worden oder von solchen, die einfach so hier übernachtet hatten, weil die Wohnung leer stand. Die Decken hatten Wasserflecken. Der Holzboden kam an einigen Stellen hoch, aber man konnte das feine Parkett noch erkennen. Enne ging in die Küche. Aus dem Wasserhahn tropfte braune Brühe, dafür war hier die Decke trocken. An der Wand stand ein Buffet, das sah auch noch gut aus. Sie öffnete alle Türen, fand alte Verpackungen mit getrockneten Bohnen, Graupen, Tee, einige angefressen, dazwischen Mäuseköddel. In einer Dose fand sie einen Rest Kaffeepulver, das noch ganz passabel roch. Es gab auch Tassen und neben der Küchenhexe lagen Holzscheite, schon ganz wurmstichig. Holzmehl rieselte heraus.

»Schür schon mal den Ofen an, Schatz«, sagte sie zu Franz. Er machte sich tatsächlich an die Arbeit.

Enne drehte den Wasserhahn auf, braune Brühe schoss heraus, doch der Druck war kräftig und das Wasser wurde klarer, je länger sie es laufen ließ. Das sah doch alles gar nicht so schlecht aus. Sie fand einen Topf, spülte ihn aus und stellte Wasser auf. Das Feuer brannte, es wurde warm in der Küche. Sie fing an aufzuräumen.

»Ich guck mir mal das Dach an«, sagte Franz und stieg auf den Boden. Als der Kaffee fertig war, rief sie ihn. Er setzte sich zu ihr in die Küche.

»Und?«

»Na ja. Es fehlen ein paar Dachpfannen, aber die Balken sehen noch ganz gut aus. Mit ein bisschen Spucke kriegt man das hin.«

Sie breitete die Arme aus. Sie hatte die Küche schon eingerichtet. Ein Tisch, ein Stuhl, ein alter Sessel. Franz sah sich um. »Ich glaube, hier will ich mit dir alt werden.« Sie lachte. Dass er immer so übertreiben musste, aber es hörte sich fast an, als würde er das auch so meinen.

»Lass uns erst mal Kaffee trinken. Der wird sonst kalt.«

Eddy und Suse kamen zum Renovieren nun immer gemeinsam. Wie sie sich ansahen und wie er ihr die Hand auf die Schulter legte, im Vorbeigehen, während sie die Tapeten von den Wänden riss. Wie sie ihm über den Arm strich, während er Löcher zugipste. Es waren diese kleinen Gesten, Enne fielen sie auf.

»Läuft da was zwischen den beiden?«, fragte sie Franz. Der lachte sie aus. Eddy und Suse? Niemals!

Am Anfang hatte es tatsächlich so ausgesehen, als ob nur die gemeinsame Wohnung gefehlt hätte, damit endlich alles gut wurde. Franz hatte das Parkett abgeschliffen und die Fenster repariert. Freunde hatten Leitungen verlegt. Am Abend taten ihnen die Knochen weh, Enne hatte für sie alle gekocht, es waren lange Nächte geworden mit heißen Diskussionen. Sie dachte schon, dass endlich alles gut würde. Dann, mittendrin, verlor Franz die Lust. Er war einfach kein Langstreckenläufer. Nun sah sie ihn wieder seltener, denn er hatte eine neue Band aufgetan. Sie sagte ihm, dass das Dach fertig repariert werden müsse, die Pfannen waren längst organisiert. Er versprach, sich darum zu kümmern und tat es dann doch nicht. Enne stellte Töpfe und Wannen in den Flur, wenn es regnete. Sie ging ins Büro und kam jeden Tag am Theater vorbei. Immer öfter blieb sie vor dem Schaukasten stehen und schaute sich die Fotos der laufenden Produktion an. Sie spielten immer noch *Die Kassette* von Sternheim. Franz konnte mit Theater nichts anfangen. Sie hatte ihn gleich am Anfang in *Jutta oder die Kinder von Damutz* geschleppt, ein Kriminalstück. Er fand es langweilig.

Er nahm sie auch nicht mehr mit, wenn er und Eddy mit den Steuermännern unterwegs waren. »Die wollen gerade nur Musik. Wird sich schon wieder mal was ergeben.«

Sie fragte Eddy, was da lief. Er schüttelte nur den Kopf. Sie verstand ihn trotzdem.

Eines Tages war sie nach Feierabend einfach in das kleine Theater gegangen. Da gab es einen neuen Spielleiter, einer von den Ungehorsamen, die das ZK gerne hierher strafversetzten, weil man glaubte, dass die in den pommerschen Dickschädeln nicht so viel Schaden anrichten konnten, aber die Hiesigen wollten gar nicht sehen, was dieser Verrückte produzierte. Dafür reiste nun das Berliner Publikum in die Provinz.

»Ich bin Enne. Enne Jendrich. Und ich würde gerne vorsprechen.«

»Warum?«

»Weil ich Schauspielerin werden will.«

Er hatte sie tatsächlich angehört. Sie sang das Lied von den acht Segeln, sie war ja vollkommen unvorbereitet. Er ließ sie improvisieren. Sie redeten, er zeigte ihr das Theater, auch wenn da nicht viel zu sehen war. Am Ende gab er ihr eine Berliner Adresse. »Eine Bekannte. Bei der nimmste Unterricht. Und in zwei Jahren kommste wieder, dann biste so weit.«

Als Enne am Abend die Haustür aufschloss, noch ganz beseelt von der Begegnung, da lag Franz auf dem Sofa und schaute fern. »Wo warst du?«

»Im Theater.«

»Aha.«

»Ich musste nachdenken. Über uns.«

Er hörte kaum zu. Auf dem Tisch standen leere Bierflaschen. Sie setzte sich ihm gegenüber. Er sah sie nicht an.

»Ich geh nach Berlin.«

»Echt?«

»Ich nehme privaten Schauspielunterricht. Ich will es nochmal versuchen.«

Endlich begriff er, dass sie es ernst meinte und wandte sich ihr zu. »Dafür bist du doch viel zu alt.«

»Ich bin dreiundzwanzig!«

»Andere haben in deinem Alter Kinder und sind verheiratet.«

»Gut, dass daraus nichts geworden ist.«

Er wirkte etwas ratlos und öffnete eine weitere Flasche. »Hör mal, Enne, ich bin echt kurz davor, rauszukommen mit der neuen Band. Wir machen bald eine Platte. Du kannst mich doch jetzt nicht hängen lassen.«

»Ich wüsste nicht, wie ich dir dabei helfen kann.«

»Ich brauche dich!«

Enne lachte. »Als Köchin und Putzfrau. Nee, Franz, so läuft das nicht. Ich gehe weg. Es ist vorbei.«

Er kam hoch, wischte die Bierflaschen vom Tisch, Glas brach, Bier verteilte sich auf dem Boden. Sie blieb ganz ruhig. Er rannte wütend in die Schlafkammer. Sie folgte ihm, sah zu, wie er den Rucksack vom Schrank riss und planlos hineinstopfte, was er zu fassen bekam. Sie lehnte im Türrahmen.

»Du verlässt mich?«, schnappte er. »Von wegen. Wenn hier einer geht, dann ich. Ich hab sowieso die Nase voll!«

»Na, dann ist es ja gut«, sagte sie und dann nichts mehr. Als nichts mehr in den Rucksack hineinpasste, stürzte er an ihr vorbei aus der Wohnung. Er fiel fast die Treppe runter, sie hörte ihn stolpern.

Enne fuhr nach Berlin. Sie ging gleich zu der Adresse, die der Spielleiter ihr gegeben hatte. Als sie vor dem Haus stand und vor ihrem neuen Leben, konnte sie vor Aufregung kaum atmen. Sie klingelte. Eine Frau lehnte sich aus dem Fenster.

»Ja bitte?«

»Ich komme wegen Schauspielunterricht!«

»Dritter Stock links!«

Enne stieß die Tür auf und stieg die Stufen hoch. Die Tür oben stand offen.

»Nur herein!«

Ein winziger Pudel sprang um ihre Beine und beschnupperte sie.

»Ich bin hier hinten!«, rief die Frau. Enne ging der Stimme nach. Sie kam in ein vollgestelltes Wohnzimmer, Altbau, hohe Decken mit Stuck. An den Wänden hingen Theaterfotografien. Die Frau saß in einem Lehnstuhl wie eine Königin. Sie war schon alt. Der Pudel sprang ihr auf den Schoß, sie kraulte ihn hinter den Ohren.

»Sind Sie das?« Enne zeigte auf die Fotos.

»Natürlich.«

Enne spürte, wie die Frau sie begutachtete. »Schauspielerin willste also werden. Na ja. Schön genug biste ja. Aber kannste auch was? Zeig mal.«

Heute war sie vorbereitet. Sie spielte eine Szene aus Iphigenie. Die Frau sagte lange nichts und dann: »Ich gebe nicht vielen Unterricht, aber bei dir lohnt das.«

»Ich weiß aber nicht, ob ich Sie bezahlen kann.«

»Nun lass mal das Sie. Ich bin Doris. Ich trinke gerne Rotwein und mein Pudel isst gerne Kekse. Wäre das für dich in Ordnung?«

Das war es.

Sie wüsste auch schon ein Zimmer, über eine Bekannte, nichts Besonderes. Dritter Hinterhof, düster und kalt, aber trocken.

Dass jetzt alles so schnell ging!

Sie musste noch einmal zurück. Es gab Dinge zu regeln. Als sie die Wohnungstür aufschloss, hörte sie den Fernseher. Franz war wieder da. Natürlich war er das. Er tat, als ob nichts geschehen wäre.

»Da bist du ja wieder. Auch ein Bier?«

Enne blieb in der Tür stehen. Auf einem polnischen Sender lief ein amerikanischer Horrorfilm in englischer Sprache. Enne verstand nicht viel, nur dass herumgeschrien wurde. Eine monotone Männerstimme erklärte auf Polnisch, was gerade passierte.

»Was ist das denn!«

»Carry, des Satans jüngste Tochter.«

»Klingt, als liest da jemand die Gebrauchsanweisung für einen Kühlschrank vor.«

»Das ist ein total bekannter Film!«

»Wolltest du nicht ausziehen?« Sie nahm sich nun doch ein Bier und setzte sich ihm gegenüber. Er tat so, als habe er Enne nicht gehört.

»Ich geh weg, Franz. Es ist vorbei mit uns. Meinetwegen kannst du hier wohnen bleiben, bis ich zurück bin. Falls ich zurückkomme. In zwei Jahren oder so.« Er schaute sie an, als hätte er damit nicht gerechnet.

»Dann machst du jetzt wirklich ernst?«

»Du gehst weg?«, fragte auch Suse am nächsten Tag. Enne war auf den Kamp gefahren, um es ihrer Familie zu sagen. Lore hatte nur resigniert den Kopf geschüttelt. Nun war Enne oben in ihrem alten Zimmer und packte noch ein paar Dinge ein. Sie erzählte Suse von Berlin. Sie war so voller Vorfreude, dass sie nicht merkte, wie schweigsam die Schwester wurde.

»Ist genug Platz, wenn du mich mal besuchen kommst.«

Suse saß auf ihrem Bett. Ihre Miene blieb ausdruckslos.

»In Berlin treibt sich die ganze Gruftiszene herum. Du wirst staunen.«

»Ich bin doch schon lange kein Grufti mehr. Am liebsten wäre ich wie du.«

Enne hörte auf zu packen. »Wie ich?«

Suse tippte gegen den gehängten Teddy. Der schwang ein paar Mal hektisch vor und zurück.

»Dass du dich traust, wegzugehen.«

»Willst du denn auch weg?«

»Keine Ahnung. Was soll ich denn anderswo anfangen.«

20
Sommer 2019

Der Morgen kam und sie saßen immer noch in der Küche, Enne und Eddy. Sie war mit dem Brief nicht weitergekommen.

»Ich überlege, ob wir die anderen auch dazu einladen sollten.«

Eddy hörte nicht zu, er hatte etwas entdeckt.

»Da ist Christina. Der kannst du es gleich sagen.«

Enne reckte den Hals. Christina kam die Straße entlang. Sie blieb vor dem Haus stehen. Eddy lehnte sich aus dem Fenster. »Moin! Was machst du denn schon so früh?«

»Ich wollte zu euch.«

Enne stellte sich nun auch ans Fenster. »Na, das ist ja mal ein seltener Besuch. Hast es in deiner Klause nicht mehr ausgehalten?«

Dafür, dass sie quasi Nachbarinnen waren, sahen sie sich selten. Christina wohnte noch außerhalb vom Kamp, im allerletzten Haus. Danach kam nichts mehr. Sie hatte sich nach dem Mauerfall in den hintersten Winkel der Welt verkrochen und lebte dort mit ihren Geistern. Hin und wieder besuchte Enne sie. Christina kam nur selten ins Dorf. Nun blieb sie vor dem Haus stehen. Sie wirkte aufgewühlt.

»Ich habe Suse gesehen!«

»In deiner Kristallkugel?« Eddy lachte freudlos.

»Nein!« Christina zeigte in die Richtung, aus der sie gerade kam. »Sie ist da langgelaufen. Sie lebt! Ich hab sie gerufen und bin ihr nach, aber dann war sie wieder verschwunden.«

Enne und Eddy sahen sich an. Christina und ihre Marotten. Man konnte ihr nicht alles glauben. Das hier schon gar nicht.

»Komm rein.«

Eddy holte einen weiteren Becher aus dem Buffet und goss Christina Kaffee ein. Enne dachte, dass sie Magda immer ähnlicher sah, das gleiche kantige Gesicht, die gleichen grauen Augen. Nur die Dauerwelle und der Kasernenhofton fehlten. Außerdem glaubte Magda nicht an Geister. Die glaubte an nichts. Sie lebte noch, hochbetagt, wie der Vater auch. Beide waren im Heim.

Christina setzte sich. Auf dem Tisch lag der Brief an Suse. Enne nahm ihn weg, aber Christina hatte schon einen Blick darauf geworfen.

»Was ist das?«, fragte sie und zeigte darauf.

»Ein Abschiedsbrief an Suse. Heute ist es dreißig Jahre her. Wir wollen sie beerdigen.«

»Aber sie lebt!«

»Und du bist dir sicher, dass es Suse war?«, fragte Eddy. Er klang wenig überzeugt.

»Sie trug doch damals immer diesen langen Kapuzenmantel. Den hatte sie heute auch an. Sowas hat nicht jeder!«

»Naja, so ungewöhnlich ist das nicht. Unsere mysteriöse Nachbarin trägt auch so einen.«

»Die von gegenüber?«

Enne sagte: »Sowas kriegt man heutzutage überall im Internet. Und Suse ist tot.«

»Na und? Ich hab sie trotzdem gesehen!«

Man kannte das von Christina. Sie war nicht ganz von dieser Welt. Sie mischte Kräuter zum Ausräuchern schlechter Energien, sie braute Tees und Tinkturen, mit deren Hilfe man angeblich in die *andere* Welt sehen konnte. Jedenfalls behauptete sie das auf ihrer Internetseite. So modern war sie dann doch. Sie verkaufte das Zeugs online. Enne sah sie manchmal auf ihrem Roller, wenn sie die Pakete zur Post brachte. Wenn man den Gerüchten im Dorf glaubte, tanzte sie auch nackt im Mondschein, Albrecht hatte sie angeblich dabei beobachtet, aber vielleicht war das auch nur Einbildung gewesen.

»Hast du nicht nach ihr gerufen?«, fragte Enne.

»Klar hab ich das. Aber sie hat nicht reagiert.«

»Hat sich in Luft aufgelöst. Verstehe.«

Christina trank einen Schluck Kaffee. Eddy sprach ruhig, aber Enne hörte, wie sehr ihn das immer noch aufwühlte. »Ich guck mich mal um, Christina. Wenn Suse hier irgendwo ist, tot oder lebendig, dann finde ich sie.«

21
Herbst 1987

Um vier aufstehen, um fünf die ersten Kunden bedienen, das lag Enne nicht. Daran würde sie sich ihr Lebtag nicht gewöhnen. Sie quatschte zwar gern, aber nicht am frühen Morgen. Da war sie normalerweise zu nichts zu gebrauchen und die Kunden waren es noch weniger. Auf dem Weg zur Arbeit hatten sie es eilig, wollten Zigaretten, Zeitungen oder Kaffee. Sie war selten pünktlich, die Kunden aber schon.

Seit sie in Berlin lebte, verdiente sie sich im Bahnhofskiosk ihren Unterhalt. Von irgendetwas musste sie den Wein und die Kekse schließlich bezahlen und auch ihr Brot. Sie teilte sich die Arbeit mit zwei weiteren Studenten vom Theater.

Es war noch stockdunkel im Zimmer, als der Wecker ratterte. Ihr erster Gedanke war, dass heute die neue Fernsehzeitung geliefert wurde und sie das eine oder andere Exemplar zurücklegen musste. Bückware für spezielle Kunden, die für die Sonderbehandlung ein paar Mark drauflegten. Das System stammte noch von ihren Vorgängern. Sie hielt nichts von dieser Art der Bevorzugung, doch den anderen beiden war das egal und die Kunden wollten bedient werden. Mittlerweile nahm sie den kleinen Zusatzverdienst ohne schlechtes Gewissen. Es war nicht so, dass sie das Geld nicht gebrauchen konnte.

Sie schlug die Decke zurück. Es war immer kalt im

Zimmer, sogar im Sommer, und jetzt besonders, denn der Herbst ging schon zu Ende. Gestern war es spät geworden nach dem Konzert. *Karussell.* Sie summte das Lied, das ihr im Gedächtnis geblieben war. *Als ich fortging, war die Straße steil. Kehr wieder um.*

Weiter kam sie nicht. Ihr Hals war zu trocken, die Zunge zu pelzig vom Wein. Sie hatte wieder geträumt, dass sie auf der Bühne stand und nicht wusste, welches Stück sie spielten.

In den Schläfen pochte der Schmerz und breitete sich über den gesamten Schädel aus. Sie ging zum Waschbecken, ließ ein Glas volllaufen und trank es in einem Zug. Dann füllte sie den Kessel und stellte ihn auf den Gaskocher. Sie brauchte heißes Wasser zum Waschen und für Kaffee. Als der Kessel anfing, zu summen, fiel ihr ein, dass sie die Schicht getauscht hatte, wegen des Konzertes.

Sie drehte das Gas wieder ab und kroch zurück unter die Decke, aber das Bett war schon kalt und ihre Füße waren es auch. Keine Chance, wieder einzuschlafen.

Irgendwo im Haus schrie ein Kind, von fern drang das Quietschen der S-Bahn ins Zimmer. Die Stadt schlief nicht, sie döste nur. Es war die Stunde der quälenden Gedanken. Die krochen aus finstersten Ecken und flüsterten, dass alles umsonst gewesen sei und dass es hier nichts mehr für sie zu tun gab. Dabei hatte alles so gut angefangen. Schauspielunterricht, erste Auftritte. Sie hatte in einer Band gesungen und kleinere Rollen am Theater bekommen. Mit einem Engagement hatte es noch nicht geklappt, aber sie war auch nicht fertig ausgebildet – und würde es nie sein.

Schuld an allem war der Pudel. Zu viele Kekse, vermutete Enne, oder die falschen, jedenfalls war der blöde Köter viel zu früh verreckt. Sie hatte wie üblich vor Doris' Tür gestanden mit ihren Gaben, bereit für eine weitere Lektion. Doris hatte sie weggeschickt. Ihr Liebling sei gestorben. Sie könne mit dem Unterricht nicht weitermachen.

Sie hatte Enne einfach stehen lassen, ohne Empfehlungsschreiben, ohne Zeugnis, ohne guten Rat. Da stand sie nun mitten in Berlin und dachte das erste Mal, dass sie wohl besser zurückkehren sollte, auch wenn die zwei Jahre noch nicht um waren. Es gab da noch die Kabarettgruppe. Sie traten in Kellertheatern und auf Hinterhofbühnen auf. Im letzten Jahr hatten sie eine Nummer zum Gipfeltreffen gemacht, als Reagan und Gorbatschow in Reykjavík verhandelt hatten. Schwerter zu Pflugscharen. Nach der Veranstaltung hatten sie sie gleich einkassiert, alle bis auf Enne. Es war pures Glück gewesen, dass sie vorne rausgegangen war, weil sie noch jemanden treffen wollte, der dann aber nicht auftauchte. Einige Tage später hatte es eine Einladung zu einem Gespräch gegeben, in ein leeres Kaufhaus, alles sehr mysteriös, aber sie ahnte da schon, worum es ging und warum sie der Verhaftung entkommen war. Sie hatten anderes mit ihr vor. Ein Typ, so unauffällig, dass es einem ins Gesicht stach, nahm sie in Empfang. Er sprach freundlich und ruhig mit ihr. Sie stehe im Grunde doch auch hinter dem Land und dem System. Wichtig sei, dass man die DDR gegen seine Feinde verteidige.

Er hatte sie fast so weit gehabt, aber dann hatte Enne doch einen Rückzieher gemacht. Sie war nicht wieder in dieses Kaufhaus gegangen, obwohl er sie noch einmal kontaktiert hatte. Aus irgendeinem Grund war danach nichts mehr gekommen.

Die Kabarettgruppe löste sich auf. Seitdem herrschte Stillstand in Ennes Leben. In einer Stadt wie Berlin war das nur schwer auszuhalten.

Sie stand wieder auf, denn sie fror immer noch. Sie zog sich an, kochte Kaffee und setzte sich mit dem Becher ans Fenster. Sie kannte die Geräusche der Stadt auswendig. Zweitakter, Straßenbahnen, Flugzeuge. So hörte sich der Osten an und der Westen glotzte über die Mauer, als seien sie Zootiere.

Der Kaffee schmeckte bitter. Milch war aus. In den Wohnungen gingen die Lichter an. Sie dachte *zu Hause* und meinte den Kamp. Das war ihr lange nicht passiert. Sie war überzeugt gewesen, auf immer zum Stadtmenschen geworden zu sein, und der Kamp war das Gegenteil von Stadt. Heute Morgen stellte sie sich den Himmel über Usedom vor mit seinen schweren Wolken. Sie dachte auch wieder an die Weite und an das Nichts, an Suse, an Lore und an den Vater, sogar an Franz dachte sie und fragte sich, ob er noch in der Wohnung unter dem Dach lebte und ob er endlich seine Platte aufgenommen hatte. Und dann dachte sie, dass es im Grunde keinen Unterschied machte, ob sie hier oder dort oder anderswo mit ihrem kleinen Leben scheiterte.

Sie schüttete den Kaffee weg, er war ungenießbar. Dann holte sie den alten Rucksack vom Schrank. Den hatte sie von Boofe zu Boofe geschleppt, aber in den Berliner Häuserschluchten hatte sie ihn nie gebraucht. Sie klopfte den Staub ab und begann, ihre Siebensachen zu packen.

22

Toni hatte ein Fremdwörterlexikon gefressen. Als Christina ihn in einer Vorlesung über zeitgenössische Literatur erlebte, hatte sie nur verstanden, dass er Grass und Böll in den Boden stampfte, aber nicht, warum.

Die Studenten und Dozenten ließen die *MGler* über sich ergehen. Wenn sie in den Seminaren aufkreuzten und ihre Reden hielten, erinnerten sie Christina an Prediger. Selbst ihre Sprache hatte etwas Biblisches. Mitten im Seminar standen sie auf und legten los mit ihrer Mission. Am Ende blieb dann doch etwas hängen und man ging zu dem einen oder anderen Teach-in, um wenigstens mitreden zu können.

Als Toni ihr eines Tages an der Uni über den Weg lief und sie nicht ausweichen konnte, nahm sie ihm ein Flugblatt ab.

»Morgen im Audimax zum Gipfeltreffen. Sag mal, kennen wir uns?«

»Ich glaube nicht.«

»Warst du nicht der Nikolaus? In der Fußgängerzone? Diese Kaffeegeschichte, stimmt's?«

Christina war die Sache unangenehm. »Na ja, war ein Studentenjob. Ich brauchte das Geld.«

Er lachte. Wollte er sie anmachen?

»Ich muss dann weiter in die Vorlesung.« Sie ging los, aber er rief ihr nach: »Wir könnten mal einen Kaffee trinken! Eine schöne Sandino-Dröhnung, was meinst du?«

Sie wandte sich um. »Ja. Vielleicht.«

»Verrätst du mir noch, wie du heißt?«

»Christina. Jendrich.«

Er starrte sie an, als habe er gerade eine Erscheinung gehabt. »Jendrich?«

»Was dagegen?«

»Nein. Ich kannte früher mal eine, die so hieß, aber das war drüben, im Osten. Lange her. Enne.« Er sagte das eher zu sich als zu Christina.

»Meine Kusine heißt auch Enne.«

Er runzelte die Stirn. »Aber die ist nicht etwa aus der Nähe von Anklam?«

»Doch! Kamp. Aber das wirst du nicht kennen. Ist nur ein kleines Fischerdorf.«

»Krass. Ich bin aus Bugewitz. Und ich bin mit Enne Jendrich in die Schule gegangen.«

»Ihr habt euch am Hafen verabschiedet. Du hast ihr dein Fahrrad geschenkt.«

»Woher weißt du das!«

»Sie hat's mir erzählt.«

Toni setzte sich auf die Betonmauer vor dem Audimax. In den Beeten dahinter wuchsen pflegeleichte Koniferen, um die sich niemand kümmerte. Er strich sich über die Stirn und einen Moment lang verschwand die Überheblichkeit, er sah nur noch müde aus. Oder traurig.

»Die WM 1974. Eure Flucht im Ballon. Du warst sogar im Fernsehen. Ich hab das gesehen.«

»Scheiße, ja, das war eine Aufregung.«

Christina wusste nicht, was sie sagen sollte.

»Wie geht es Enne?«, fragte er schließlich. »Ist sie noch da draußen auf dem Kamp?«

»Sie ist Schauspielerin und lebt in Berlin.«

»Das hab ich mir fast gedacht, dass sie mal sowas macht.«

Christina erzählte ein bisschen, jedenfalls das, was sie wusste, bis die Zeit knapp wurde. »Ich muss jetzt los«, sagte sie. Sie war im Rückstand mit den Scheinen und konnte es sich nicht leisten, noch mehr zu verpassen. Das BAföG-Amt drehte ihr auch bald den Hahn zu. Sie hätte längst fertig sein sollen mit dem Studium, das sie nie gewollt hatte. Magda drängelte.

»Kommst du?«, fragte Toni und zeigte auf das Flugblatt in Christinas Hand. »Würde mich freuen.«

Sie konnte Rieke überreden, mitzukommen. Sie hörten sich Tonis Rede an. Er war wieder ganz der Alte, dozierte und wusste alles besser. Der andere Toni, der vor dem Audimax, hatte ihr besser gefallen. Am Ende kam er auf sie zu und lud sie beide auf ein Bier ein. »In meine Stammkneipe. Dann können wir noch ein bisschen weiterdiskutieren.«

Rieke hatte keine Lust, aber Christina ging mit, sie fühlte sich verpflichtet, wegen Enne und um der alten Zeiten willen.

Dass die düsterste Spelunke der Stadt seine Stammkneipe war, hatte sie nicht geahnt. Sonst wäre sie vielleicht doch nicht mitgegangen. Hier gab es das schlechteste Bier, hier tummelte sich der Bodensatz. Wer nach der Sperrstunde noch nicht nach Hause wollte, war hier richtig. Ab fünf gab es Frühstück.

Toni redete und redete. Er zitierte seinen Marx und nach Mitternacht konnte Christina flüssig *tendenzieller Fall der Durchschnittsprofitrate* sagen. Das Bier schmeckte auch gar nicht mehr so schlecht.

Am nächsten Tag wachte sie neben ihm auf.

Er wohnte direkt über der Kneipe. Sie erinnerte sich vage, mit ihm die Treppe hinaufgewankt zu sein. Er schlief noch.

Sein Bett war eine blanke Matratze. Die lag auf dem Boden, der genauso nackt war wie sie beide. Eine blasse Sonne quälte sich durch die Scheiben bis zur vergilbten Tapete. Jemand hatte sie mit Edding bekritzelt, Marx-Zitate, was sonst, und Formeln. Die blauen Bände lagen aufgeschlagen auf dem Boden verstreut und waren mit unzähligen Kommentaren versehen. Hier studierte jemand fleißig.

Christina hatte Durst. In der Spüle stapelte sich Geschirr. Sie wusch ein Glas aus und ließ Wasser einlaufen. Als Toni endlich wach wurde, hatte sie schon abgewaschen, aufgeräumt und Frühstück gemacht. So sah die Küche schon etwas freundlicher aus. Im Schrank hatte sie einen Rest Nicaragua-Kaffee gefunden, außerdem Zwieback und ein angebrochenes Glas Marmelade. Toni setzte sich an den Tisch.

»Hey. War ’ne kurze Nacht, was?« Sie lächelte.

Er sah sich um. »Warum hast du das gemacht?«

»Was meinst du?«

»Wozu hast du abgewaschen?«

»Ich hatte Hunger und es gab keinen sauberen Teller mehr im Schrank.«

»Aber du hast aufgeräumt. Am Ende hast du auch mein Klo geputzt?«

Christina spürte, wie ihr das Blut in den Kopf schoss. Es hatte gestunken. Sie hatte sich geekelt.

»Willst du am Ende auch noch die Fenster putzen?«

»Nötig hätten sie's.«

Er goss sich Kaffee ein, nahm sich einen Zwieback und tunkte ihn in den Becher. »Ne, lass mal. Putzen ist bürgerlicher Scheiß.«

Sie erkannte ihn nicht wieder, den Toni von gestern, der vom Kamp erzählt hatte.

»Ich glaub, ich geh dann mal.«

Er machte keine Anstalten, sie aufzuhalten, nahm sich noch einen Zwieback und tunkte ihn ein.

»Die Revolution fängt im Kopf an«, sagte er und tippte sich an die Stirn. »Letztendlich ist die Frauenfrage aber auch nur ein Nebenwiderspruch.«

Sie kramte ihre Sachen zusammen. »Ist das so?«

»Weil nämlich zuerst das Proletariat befreit werden muss.«

»Ich frage mich, warum du nicht wieder in den Osten gehst, so als glühender Marxist?«

Christina sagte das, weil sie wütend war, und sie fand, dass sie schon fast wie Magda klang. Dieses *Dann-geh-doch-rüber!* hatte sie sich auch ein paar Mal anhören müssen, als sie noch für den Frieden demonstriert hatte.

»Würde ich gerne«, sagte Toni, »aber die wollen mich nicht mehr zurück.«

23

Nicht, dass der Empfang überschwänglich gewesen wäre. Lore hatte nicht einmal einen Kuchen gebacken, schließlich hatte ihre Tochter es nicht für nötig gehalten, regelmäßig zu schreiben, die ganzen zwei Jahre über. Höchstens zu den Geburtstagen, und auch das nicht zuverlässig. Es tat Enne leid und sie sagte es.

»Ich weiß selbst nicht, warum ich das schleifen lasse.«

Sie war zu sehr mit sich und ihrem anstrengenden Leben beschäftigt gewesen, fast so wie Franz. Nun schickte Lore den Vater doch nochmal los, um Kuchen zu holen.

Später saßen sie am Tisch und es war fast, als lägen nicht zwei Jahre zwischen diesem und dem letzten Kaffeetrinken in dieser Küche, sondern nur zwei Stunden. Sie plauderten über dies und das, über Albrecht, der sich beim Jagen das Bein gebrochen hatte und im Krankenhaus lag, und über Almas Haus, das wieder leer stand, weil Eddy nun hier wohnte. Sie redeten auch über das verliebte Paar, Eddy und Suse, die bald heiraten wollten. Der Stolz in Lores Stimme war nicht zu überhören.

»Warum zieht ihr beide nicht in das Haus rüber?«, wunderte sich Enne. »Da hättet ihr doch viel Platz.«

Suse guckte sie an und Enne begriff, dass sie etwas Blödes gesagt hatte, weil es immer noch um Alma ging und um die Erinnerungen zwischen den alten Mauern.

»Was braucht man schon an Platz. Wir sind ja sowieso meistens draußen.« Eddy lächelte verlegen.

Lore legte die Strickarbeit weg. Sie tat Enne noch einen Bienenstich auf, ohne zu fragen. »Bist mager geworden, Deern. Gab's in Berlin nichts zu essen?«

Manchmal hatte es nichts gegeben. Wenn das Geld mal wieder für Wein und Kekse oder für Konzerte draufgegangen war. Oder sie hatte das Essen schlichtweg vergessen, weil sie zwischen Proben, Unterricht und Bahnhofskiosk hin und her gehetzt war und weder das eine noch das andere so richtig auf die Reihe gekriegt hatte.

»Was willst du jetzt machen?«, fragte der Vater. »Bist schon vierundzwanzig. Musst langsam mal wissen, wo du hingehörst.«

Sie sagte, dass sie in Anklam vorsprechen werde. Sie kenne da jemanden.

»Warum nicht wieder ins Büro?«

»Ach, Lore.«

»Sie will eben Faxen machen.« Der Vater seufzte. »Na ja, alt genug biste ja. Musst selbst zurechtkommen.«

Danach hörte man eine Weile nur noch das Klappern der Stricknadeln.

»Und wo willst du schlafen?«, fragte Lore schließlich. »Soll ich dir das Sofa herrichten?«

Daran hatte Enne noch gar nicht gedacht. Es war hier kein Platz mehr für sie.

»Nee, lass mal«, sagte Enne. »Ich fahr in die Stadt.«

Als sie sich verabschiedet hatte, folgte Suse ihr nach draußen.

»Ich freu mich, dass du wieder da bist.«

»Ich freu mich, dass du dich mit Eddy so gut verstehst.«

»Franz wohnt übrigens noch in deiner Wohnung. Wollte ich dir nur sagen.«

Das hatte sie insgeheim gehofft, denn wo sollte sie sonst unterkommen? Sie fuhr hin, stieg die alten Treppen hoch und klopfte an die Tür, die sie damals selbst abgeschliffen und neu gestrichen hatte. Nichts rührte sich. Sie wollte schon gehen, da hörte sie doch Schritte und jemand öffnete.

»Enne?«

»Meine Güte! Franz!«

Er sah schlecht aus, war noch viel magerer als sie, nur noch Haut und Knochen. Die Hosen schlotterten ihm um die Hüften. Die Wangenknochen stachen aus seinem Gesicht. Er rieb sich die Stirn, als ob er gerade erst wach geworden war. »Wie spät ist es.«

»Schon Abend.«

»Was tust du hier?«

»Ich bin wieder da.«

Er ließ sie ein und räumte schnell ein paar Flaschen und alte Hemden beiseite. Sie ging in die Küche. Hier sah es schlimm aus. Zum Essen war auch nichts mehr da, nur schimmliges Brot. Zum Einkaufen war es zu spät. Fast wie bei mir in Berlin, dachte sie.

Sie nahm das Schlafzimmer. Wie es schien, hatte er das die letzten beiden Jahre kaum benutzt. Er schlief vor dem Fernseher.

Sie zog wieder ein, fürs Erste. Es ging ihm schlecht. Er hatte keine Arbeit. Eigentlich war das ein Ding der Unmöglichkeit in diesem Land. Einer wie Franz bekam das hin. Es gab auch keine Band mehr und eine Platte hatte er nie aufgenommen. Selbst Eddy ging nicht mehr mit ihm auf Tour, denn Franz war ständig betrunken.

Als Eddy gegen Mittag vorbeischaute, setzte er sich zu Enne an den Küchentisch. Er hatte Franz gerade ein paar Mark zugesteckt. Der war schon auf dem Weg nach unten.

»Er kauft Bier und Schnaps«, sagte Enne. »Warum tust du das?«

»Weil er mir leidtut.«

»Du machst es nur schlimmer.«

Er rührte seinen Kaffee um. »Der kann nicht ohne dich.«

»Und ich kann nicht mit ihm.«

»Ich weiß.«

Eine Weile gab es nichts zu sagen.

»Und wie läuft es auf dem Kamp?«, wollte Enne wissen.

»Gut so weit.«

»Und die Steuermänner?«

»Sind Geschichte.«

Er wollte nicht reden. »Ich muss dann wieder los. Die Arbeit ruft.«

Enne brachte ihn zur Tür.

»Lass dich mal wieder blicken, Eddy.«

»Bald.«

Sie war gleich am nächsten Tag in das kleine Theater gegangen, in der Hoffnung, dass der Spielleiter sie noch kannte, aber der war schon weitergezogen. Der Neue sah aus wie ein Bär, ein gemütlicher Typ. Er nahm sie. Regie fürs Sommermärchen, Rotkäppchen. Zwar keine Rolle, aber immerhin ein Vertrag.

Sonst war es ein bisschen so, als habe sie ihr altes Leben wieder übergezogen, nur dass es nicht mehr richtig passte.

24
Herbst 1989

Eddy kam in die Vorstellung. Er saß im Publikum zwischen den Kindern und Eltern. Enne hatte auch in diesem Jahr wieder das Märchen übernommen, es war schon das dritte, das sie inszenierte.

»Ich hab gar nicht gewusst, dass du sowas magst«, sagte Enne, als sie sich danach trafen. Es war später Nachmittag. Sie hatte ihn auf ein Bier zu den Kollegen eingeladen. Eddy wollte aber nicht in die Theaterkantine.

»Ich will mit dir alleine reden.«

Enne schlug vor, in die Wohnung zu gehen. Franz war nicht da, es war ja Wochenende. Er hatte sich dank Enne ein bisschen erholt, hatte eine Arbeit gefunden, er ging wieder auf die Pirsch.

Nun saßen sie in der Küche und Eddy druckste herum, knibbelte das Etikett von der Bierflasche und suchte nach Worten. Enne ließ ihm Zeit. Unten gingen Leute vorbei, sie lachten. Die Fenster standen offen. Es war August, draußen war es warm.

»Hat dir das Stück gefallen?«, fragte Enne.

»Ja. War gut.«

Überzeugt klang das nicht.

»Aber du bist nicht deswegen hier.«

»Nein.«

»Ist es wegen Franz?«

»Ach der!«

»Eddy! Nun rück schon damit raus. Was ist passiert?«

»Suse will nach Ungarn.«

»Na und? Ist doch schön. Macht mal Urlaub. Lasst euch fremden Wind um die Nase wehen.«

»Es ist nur … Die Ungarn haben doch angefangen, die Grenze aufzumachen.«

Nun begriff sie Eddys Aufregung. Viele fuhren jetzt da hin, um in den Westen zu kommen. Enne stand auf und schloss das Fenster. »Habt ihr was vor?«

»Auf keinen Fall!«

»Warum machst du dir dann Sorgen?«

»Kannst du das nicht verstehen? Das halbe Land will jetzt rüber. Alle wollen weg. Was, wenn die da oben sich das nicht länger gefallen lassen? Wenn sie die Panzer schicken?«

»Nach Ungarn? Das ist doch Blödsinn, Eddy!«

»Irgendwas wird denen schon einfallen. Und dann hocken wir im Ausland fest oder die verhaften uns an der Grenze, was weiß ich denn!«

»Na, so schnell wird's wohl nicht gehen. Ihr tut ja nichts Verbotenes.«

Eddy trank sein Bier in einem Zug halb leer. »Ich sag dir was, Enne. Das fliegt uns hier alles ganz bald um die Ohren. Ich kann das riechen! Und wenn es so weit ist, wenn die anfangen zu schießen, dann will ich zu Hause sein.«

»Hast du mit Suse darüber gesprochen?«

»Die hält mich für feige.«

Ennes erster Gedanke war, dass Suse recht hatte. Ihr zweiter, dass auch an Eddys Angst etwas dran war.

»Glaubst du wirklich, die schießen auf uns?«

Eddy nickte. »Das ist doch immer dasselbe. Zuerst ist

da bei den Leuten die Wut und sie fangen an, sich zu wehren, dann kommt die Hoffnung, dass sich was ändern könnte, danach die Begeisterung, wenn sich tatsächlich was tut, und am Ende schlagen sie zurück und alle holen sich eine blutige Nase.« Er beugte sich zu Enne über den Tisch, nahm ihre Hand. Er war sehr aufgewühlt. »Hättest du vor einem Jahr geglaubt, dass die Ungarn die Grenze aufmachen?«

»Nein.«

»Jetzt gibt's Krieg.«

Enne zog ihre Hand weg. Eddy machte ihr Angst. So kannte sie ihn nicht. »Glaubst du das wirklich?«

»Wirst schon sehen.«

Enne erinnerte sich an das Konzert vor vielen Jahren und wie schnell da alles eskaliert war.

»Freeden un een Kanten Brot«, flüsterte sie.

»Was sagst du?«

»Es wird schon alles gut gehen.«

Sie stand auf und nahm ihn in die Arme. Sie wollte ihn nur trösten. Er kam hoch und hielt sich an ihr fest. So standen sie lange.

»Und dann kommen die Panzer. Die kommen am Ende doch immer«, sagte Eddy und drückte Enne an sich.

»Was du nur immer mit den Panzern hast.« Enne strich ihm eine Strähne aus dem Gesicht. Sie dachte, dass sie ihn nun wegschicken sollte, aber sie konnten sich nicht loslassen. Sie mussten sich beide in dieser Stunde und in dieser Küche aneinanderklammern, weil der Boden unter ihren Füßen Risse bekommen hatte; oder vielleicht waren die schon immer da gewesen und sie hatten sie nur gerade erst entdeckt.

Als Enne einige Tage danach auf den Kamp kam, mit schlechtem Gewissen, weil etwas passiert war, das nicht hätte sein dürfen und weil sie es Suse beichten wollte, wenn Eddy das nicht schon getan hatte. Da erzählte Lore, dass die beiden in den Urlaub gefahren waren. Enne war erleichtert und beschloss, die Angelegenheit für sich zu behalten, weil es nichts bedeutete. Man konnte es getrost vergessen. Sie versprach der Mutter, über Nacht zu bleiben, die freute sich. Sie hatte einen spielfreien Tag.

Am frühen Abend goss sie die Kartoffeln ab, sie hatte gekocht. Die Eltern würden sich über eine warme Mahlzeit freuen, es war Erntezeit und sie hatten viel zu tun. Dann klappte auch schon die Haustür, aber statt der Eltern stand Eddy in der Küche.

25

Der Vater saß nun stundenlang am Wasser und Lore starrte die Tapeten an. Die Blumen waren lange verblasst und in den Zimmerecken nachgedunkelt von den vielen Seufzern und Sorgen. Suses Krankheit, Suses Marotten, Suses Verschwinden. Suse hier, Suse da. Enne kam sich schäbig vor, weil sie solche Gedanken hatte. Es war ein bisschen wie damals, als Suse im Krankenhaus gelegen hatte. Da war diese Wut. Sie konnte nichts dagegen tun.

»Wer konnte das denn ahnen.« Lore hob die Hände und ließ sie in ihren Schoß fallen. Solche Sätze sagte sie immer wieder, um danach lange zu verstummen. Nun sprach sie weiter. »Dabei hab ich mir über dich in letzter Zeit mehr Gedanken gemacht.« Als hätte sie in diesem Moment in Ennes Kopf geguckt. »Hattest schon immer Wind unterm Rock. Ständig nur auf Achse. Aber Suse? Die wollte heiraten.«

»Ja, die hat sich sehr verändert.«

Es hatte auch andere Zeiten gegeben.

Albrecht kam jeden Tag rüber, um nach dem Rechten zu sehen, Enne musste schließlich arbeiten. Es war Sommer und Ferienzeit, sie tingelten mit dem Märchen und Albrecht war der bessere Tröster, unerschütterlich in seiner Art, ein Fels, an den man sich lehnen konnte. Er meinte, sie sollten sich nicht so viele Gedanken machen. »Gehen doch jetzt so viele in den Westen. Freut euch, dass sie es geschafft hat.«

»Ohne Eddy?« Ein stiller Vorwurf lag in Lores Frage, darüber, dass er sie einfach hatte gehen lassen.

»Gibt welche, die lassen ihre Kinder zurück.«

»Nicht Suse!«

Einmal, als sie wieder alle zusammen in der Küche saßen und die Wand anstarrten, meinte Albrecht: »Irgendwann kommt ein Brief. Oder ein Westpaket. Dann kriegt Eddy auch mal eines.«

Es sollte ihn aufmuntern, er meinte es gut, nur lag Albrecht hier verkehrt. Eddy stand auf und ging. Er war schon wie der Vater. In der Tür blieb er stehen. »Ich will kein Paket, ich will Suse zurück.«

»Willst du jetzt auch weg?«, fragte Enne, als sie Eddy später oben auf dem Bett sitzend fand. Er hatte sein Akkordeon auf dem Schoß. Der Koffer stand zu seinen Füßen.

»Ist wohl besser, wenn ich ausziehe.«

»Es ist nicht deine Schuld.«

»Lore sieht das anders.« Er drückte die Luft aus dem Balg und verstaute das Instrument. »Sie hat recht. Ich hätte besser aufpassen müssen.«

»Suse ist erwachsen, sie hat ihren eigenen Kopf. Und wo willst du überhaupt hin?«

»Ich weiß es nicht.« Er schloss den Instrumentenkoffer, ließ die Verschlüsse zuschnappen. »Ich bin schon vor dem Kamp durch die Gegend getingelt. War ’ne gute Zeit hier, aber alles geht mal vorbei.«

»Aber das kannst du nicht machen! Was, wenn sie wiederkommt?«

Eddy lachte bitter. »Man haut nicht einfach ab, so kurz vor der Hochzeit.«

Er stand auf und ging zum Fenster, das offen stand. Er sah hinaus. »Na, wenigstens haben wir noch keine Einladungen verschickt. Die hätte ich nun alle wieder einsammeln dürfen.«

Enne setzte sich auf die Chaiselongue, auf der Christina immer geschlafen hatte. Der Raum sah fremd aus. Eddy und Suse hatten tapeziert und die Möbel anders gestellt, richtig gemütlich sah das aus.

»Hast du es ihr gesagt? Ist sie deshalb weg?«

Er hob die Schultern und ließ sie wieder fallen. »Natürlich hab ich's ihr gesagt. Wir hatten keine Geheimnisse.«

»Und?«

»Sie hat das verstanden.«

Enne lief es kalt den Rücken hinunter. »Und wenn nicht?«

Er holte tief Luft und schüttelte den Kopf. »Suse ist nicht so. Die ist ... großzügig und weitherzig. Ich habe nie so jemanden gekannt.«

Sie schwiegen lange. Vielleicht war es ja doch ihre Schuld, weil sie sich einen Moment lang hatten gehen lassen. Enne hätte jetzt gern gegen den alten Teddy geschlagen, der so lange von der Decke gehangen hatte, aber er war nicht mehr da. Man konnte noch das Hakenloch erkennen, wenn man die Stelle kannte.

»Was genau ist an dem Tag passiert?«, fragte Enne. »Was habt ihr gemacht? Worüber habt ihr geredet?«

Eddy hatte bisher kaum mehr gesagt, als dass sie sich an der Grenze aus den Augen verloren hatten. Nun fing er doch an zu reden, sprach zur Straße raus, denn er stand immer noch am offenen Fenster.

»Wir sind nach Sopron gefahren, ganz spontan. Jemand hatte uns ein Flugblatt zugesteckt, wir waren neugierig. Da sollte so ein Fest sein, im Grenzgebiet zwischen Ungarn und Österreich. Ein *Paneuropäisches Picknick*. Ich meine, stell dir das mal vor! Mit Gulaschkanone auf dem Todesstreifen. Dass die das überhaupt genehmigt haben!

Als wir dann ankamen, war schon der Teufel los. So viele Leute, das glaubt man nicht. Auto an Auto. Die haben ihre Wagen einfach abgestellt, die Schlüssel stecken lassen. Die wussten schon, dass sie nicht wiederkommen.« Er wandte sich zu Enne um. »Hab ich dir nicht gesagt, dass das nicht gut geht mit Ungarn? Ich hab's geahnt!«

Enne musste an das Theater denken. Da fehlte fast wöchentlich einer mehr. Sie war auch schon für die eine oder andere Rolle eingesprungen. Es gab mehrere Doppelbesetzungen, weil sie es sonst nicht mehr hinbekamen. Sie hatte das Stück schon öfter umgeschrieben, über Nacht. Aber das war es nicht allein. Auch das Publikum war wie ausgewechselt. Nervöser. Jedes Wort wurde auf die Goldwaage gelegt, jede Geste politisch gedeutet, selbst beim Märchen.

Enne wollte etwas Tröstliches sagen, aber er hob die Hand.

»Nein, ist schon gut. … Also, da war dieser Hund. So eine Promenadenmischung war das. Suse hat ihn aus einem der parkenden Wagen geholt. Die konnte nicht mit angucken, wie der sich die Lunge aus dem Hals gebellt hat. Ich hab noch gesagt, was willst du mit dem Vieh?

Lass den laufen. Aber sie hat ihm Wasser gegeben und was zu fressen. Da war es schon zu spät. Der ist uns dann die ganze Zeit hinterhergelaufen, so wie wir hinter den Leuten.«

»Und dann?«

»Die Grenze war offen. Die sind da einfach so durchspaziert. Es war vollkommen verrückt! Die Grenzer haben nur blöde geguckt.«

Er machte eine Pause, fuhr sich durchs Gesicht. »Wir sind beide stehen geblieben. Wir wollten umkehren, weil das alles ziemlich unübersichtlich wurde, aber von hinten wurde gedrängelt. Und dann ist dieser blöde Köter plötzlich losgerannt, hat vielleicht seine Leute gerochen oder was weiß ich. Und Suse ist hinterher. Ich hab sie dann nicht mehr gesehen.«

»Bist du ihr nicht nach? Hast du sie nicht gesucht?«

Er schüttelte den Kopf.

»Warum!«

»Ich weiß nicht. Ich konnte nicht. Hatte wohl Angst, dass sie mich nicht wieder reinlassen.«

Unten hörten sie Albrecht und den Vater im Flur reden. Er brachte den Nachbarn vor die Tür oder gleich ganz nach Hause, weil er sich Lores Elend nicht auf Dauer angucken konnte. Wenn das so weiterging, starrte sie noch ein Loch in die Wand.

»Ich hab in dem Wagen übernachtet, aus dem der Hund war«, fuhr Eddy fort. »Ich dachte, da sucht sie mich vielleicht, wenn sie zurückkommt. Aber sie ist nicht gekommen. Am nächsten Tag bin ich nochmal hin, als sich alles ein bisschen beruhigt hatte, aber da haben sie keinen mehr durchgelassen.«

»Du wärst doch sowieso nicht rüber.«

»Nein!« Er wischte sich über das Gesicht. »Ich wäre nicht über die Grenze gegangen. Ich kann das nicht. Vielleicht bin ja wirklich nur feige.«

»Hör auf damit!«

»Ja. Schon gut. Ich hab zwei Tage auf sie gewartet, bin bei der Polizei gewesen und bei diesem Pastor. Der hatte Zelte aufgestellt für die, die zu spät gekommen sind oder die nicht wussten, wo sie schlafen sollten.«

»Und?«

»Nichts. Keine Spur.«

Sie schwiegen lange. Der Gedanke, dass Suse von der Sache mit ihr und Eddy wusste, ging Enne nicht aus dem Kopf. »Man rennt doch nicht einfach nur hinter so einem Hund her. Habt ihr euch gestritten?«

»Nein. Da war nichts.«

»Aber du musst doch eine Vermutung haben!«

»Manchmal denke ich, dass das nur ein Versehen war. Vielleicht wollte sie eigentlich gar nicht rüber und hat sich nur von den Leuten mitziehen lassen.«

Enne lachte. »Das glaubst du nicht im Ernst. Man flieht doch nicht aus Versehen! Nein, Eddy. Es ist unsere Schuld«

26

Sommer 2019

Eddy suchte nach der Taschenlampe, die er Frau Pohl bringen wollte. Nicht weil ihm daran lag, dass sie Licht hatte, wie er behauptete, sondern weil er sich vergewissern wollte, dass sie nicht Suse war. Oder doch. Vielleicht wusste Christina mehr, als sie sagte. Seit er sie nach Hause geschickt hatte, rannte er durchs Haus. Enne sah ihm dabei zu und konnte nichts tun. Sie glaubte Christina kein Wort, aber der Schaden war angerichtet. Alles, worüber sie gesprochen hatten, das mit dem Brief, auch dass sie die Familie einladen wollten, um sich von Suse zu verabschieden, schien vergessen. Alte Wunden rissen auf. Enne sah zu, wie das wenige, das sich in ihrem Leben zusammengefügt hatte, wieder auseinanderbrach. Sie folgte Eddy, der alle Schubladen herausriss und die Schränke durchwühlte. Sie stritten sich.

»Welche Taschenlampe suchst du denn!«

»Die rote. Die hatten wir in Ungarn dabei.«

»Dann glaubst du, was Christina sagt? Die sieht doch alles Mögliche. Die hat Suse auch schon bei den Toten gesehen. Und nun soll Suse als Frau Pohl zurückgekehrt sein? Warum ist sie dann nicht einfach rübergekommen? Die spinnt doch!«

Er hörte nicht zu, schob sie beiseite und ging in den Flur. »Vielleicht hat deine Kusine ja Antennen, von denen wir nichts ahnen.«

Enne packte ihn. Sie war so voller Zorn. Endlich hielt er inne.

»Mal angenommen, Christina hat recht und diese Frau Pohl ist Suse. Was dann?«

»Ja was denn!«

»Willst du da weitermachen, wo ihr beide aufgehört habt? Und die letzten dreißig Jahre?«

Er machte sich los. »Ich weiß nicht, wovon du redest.«

Enne lief in die Küche und holte den Brief, den sie angefangen hatte. Sie hielt ihn Eddy unter die Nase. Er wühlte schon wieder im Schrank.

»Ich rede davon!« Sie knüllte ihn zusammen und warf ihn vor seine Füße. »Und von allem, worüber wir heute Nacht geredet haben. Aber wenn dir das alles plötzlich egal ist, dann vergessen wir das einfach. Statt einer Beerdigung gibt's wohl eher eine Hochzeit, aber ich bin nicht dabei.«

Endlich hörte Eddy auf herumzukramen, und wandte sich ihr zu. »Kapierst du das denn nicht? Das hat nichts mit dir zu tun! Aber ich muss wissen, ob sie lebt. Sonst werde ich verrückt.«

»Und was, wenn es so ist? Was bin ich dann noch für dich? Jemand, der einfach da war, so wie damals in Anklam, als du zu mir gekommen bist und nicht weiterwusstest?«

Sie standen sich im Flur gegenüber. Eddy hielt eine Fünferpackung Sparlampen in der Hand, die Enne gestern erst in die Schublade gelegt hatte. Ein Angebot im Discounter. Sie dachte, dass sie gleich zwei hätte nehmen sollen.

»Du weinst«, sagte er. Enne wischte sich über das Gesicht. »Ja, blöd, dass ich dich lieb hab. War nicht so geplant.« Sie zog die untere Schublade auf und griff hinein. »Da hast du deine bescheuerte Taschenlampe.«

Er nahm sie, ratlos, sie sahen sich an.

»Und jetzt?«

»Jetzt gehen wir beide rüber.«

Wie bei den vorigen Versuchen öffnete keiner. Enne klopfte ein letztes Mal. »Frau Pohl? Sind Sie da?«

»Lass mich mal«, sagte Eddy. Enne trat beiseite. Er hämmerte mit der Faust gegen das Holz. Vom Sturz rieselte der Putz. »Hallo? Frau Pohl? Machen Sie endlich auf! Wir wollen mit Ihnen reden!«

Nichts rührte sich.

»Suse! Verdammt nochmal, wir wissen, dass du das bist!«

Enne war bei dem Namen zusammengezuckt. Sie sagte: »Wir bringen dir eine Taschenlampe. Damit du ein bisschen mehr Licht hast.«

»Die rote! Erinnerst du dich? Ungarn? Ich bin's. Eddy!«

Albrecht kam aus seinem Haus, angelockt von dem Tumult, er blieb an der Hecke stehen. Sein alter Hund setzte sich mitten auf die Straße, es war ja kein Verkehr. Er wusste das und wartete.

»Die ist nicht da«, rief er zu ihnen hinüber. »Was wollt ihr denn so dringend von der?«

Enne ging zur Hecke. Mit den Händen streifte sie das hohe Gras, das in der Trockenheit ganz gelb und hart geworden war. Sie dachte, dass Eddy mal wieder mähen sollte.

»Hast du sie gesehen?«, fragte sie, als sie vor Albrecht stand.

»Diese Frau Pohl? Die ist ziemlich früh in die Richtung da gegangen.« Er zeigte zum Deich hin. »Hab mich noch gewundert.«

»Hatte sie einen langen, schwarzen Mantel an? So einen mit Kapuze?«

»Wie diese Mittelalterleute, die man jetzt auf den Märkten sieht?«

»So in der Art.«

»Ne. Ist doch viel zu warm für einen Mantel. Allerdings …«, er kniff die Augen zusammen und überlegte, »ne, das war eher ein langes Kleid. Oder doch ein Mantel?«

»Hast du sie nun gesehen oder nicht!« Eddy wurde laut.

»Was bölkst du mich denn so an! Ich hatte noch keine Brille auf. War gerade aus dem Bett. Ist das denn so wichtig?«

Eddy stöhnte auf. »Mann, Albrecht! Ja, das ist wichtig!«

»Tja. Da kann ich wohl nicht weiterhelfen. Mein Kopf ist schon zu alt.« Er tippte sich an die Stirn. »Ich muss mich dann mal fertig machen. Die Biber. Die fressen mir zu viele Bäume an.«

Er ging wieder ins Haus. Der Hund guckte ihm nach, erhob sich dann mühsam und trottete lustlos hinterher. Zur Jagd taugte der auch nicht mehr, aber Albrecht wollte keinen neuen.

Eddy stand da mit der roten Taschenlampe in der Hand und schaute ihm ratlos hinterher. »Und nun?«

»Ich weiß, wo wir noch suchen können«, sagte Enne.

Sie ging schnell. Eddy folgte ihr. Sie liefen auf dem Weg, den sie damals mit Christina gegangen war, als sie Suse das erste Mal gesucht hatten. Das war lange her. Enne erzählte ihm davon, denn sie konnte es nicht ertragen, dass er so schweigend hinter ihr herging. Sie gelangten an die Peene und zu der Stelle, wo der Vater oft geangelt hatte und Eddy das immer noch machte. Gegenüber lag die Insel. Am Ufer saßen schon Leute und auf dem Brückengerüst im Wasser hockten Möwen.

Enne suchte die Treppe, die zur Kammer im ehemaligen Brückenkopf hinunterführte. Es war alles zugewachsen. Schließlich fand sie die Stufen unter einem Holunderbusch, bog die Zweige auseinander und stieg hinunter. Eddy folgte ihr.

»Sei vorsichtig«, warnte sie ihn. »Ist alles voller Moos.«

Die Tür vor der geheimen Kammer war aus den Angeln gerissen, sie lag auf dem Boden, Gras wuchs durch die Bretter. Man konnte sehen, dass hier lange niemand gewesen war, weder ein Cowboy noch ein Indianer, aber das spielten die Kinder heutzutage sowieso nicht mehr und das war auch gut so, denn am Ende starben immer die Guten. Zum ersten Mal fiel Enne auf, dass es auf dem Kamp gar keine Kinder gab. Nur wenn Familien hier Urlaub machten, hörte man helle Stimmen, aber diese fremden Kinder wussten nichts von der Kammer.

Sie stieg über die morsche Tür. Drinnen lag das Laub knietief, in den Ecken noch höher, aber keine Suse war zu sehen und auch keine Frau Pohl. Sie wusste nicht, ob sie enttäuscht oder erleichtert sein sollte.

Eddy kam ihr nach. Er stellte sich in die Mitte und sah sich um.

»Warum hätte sie auch hierherkommen sollen?«
»Das war unser Geheimversteck.«
»Aber hier ist niemand.«
»Nein.«

27

Herbst 1989

Christina lebte wieder in der grauen Stadt, weil sie den Süden nicht mehr aushielt mit all seinen toughen Leuten, die wussten, wie das Leben zu nehmen war. Jedenfalls kam es ihr so vor. Es konnte aber auch sein, dass sie es deswegen nicht mehr ertrug, weil sie ihr eigenes nicht auf die Reihe bekam. Nun hatte sie endlich mit Ach und Krach ihr Studium beendet, da stellte die Regierung Fragen nach ihrer Verfassungstreue. Sie wurde überprüft und man hielt sie zumindest für fragwürdig. Da waren ihre Beziehungen in die DDR, die kurze Affäre mit Toni und zuletzt die Festnahme in Wackersdorf. Sie hatte den heimischen Frauen die Steine abgenommen, die diese in den Schürzentaschen trugen, weil sie den Atommist nicht vor der Haustür haben wollten. Den einen und anderen hatte sie geworfen, aus Solidarität, aber nie getroffen. In Sport war sie schon immer eine Niete gewesen und sie hatte sowieso danebengezielt. Nun wurde ihr Landfriedensbruch vorgeworfen. Ob sie jemals für den Schuldienst zugelassen würde, war fraglich, also versuchte sie es gar nicht erst. Auch nicht, als die Anklage fallen gelassen wurde, denn so wichtig war ihr die Sache nicht. Sie hatte sowieso nicht Lehrerin werden wollen.

Sie zog zurück in die graue Stadt. Hier fühlte sich das Scheitern weniger schlimm an. Es gab viele von ihrer Sorte, die sich von Job zu Job hangelten. Nicht alle waren

Akademiker, selbst das spielte keine Rolle. Sie gab Computerkurse bei der VHS und brachte Umschülern das Zehnfingersystem bei, denn es war absehbar, dass bald alles nur noch per Computer lief. Sie putzte und kellnerte, nur den Taxischein machte sie nicht. Hin und wieder traf sie sich noch mit Rieke, die stand schon kurz vor der Verbeamtung und lebte mit Mann und Hund in Köln. Die hatte es hingekriegt.

Christina dagegen lebte wieder mit Magda zusammen, schlief hinter dem Schrank und ging regelmäßig zum Arbeitsamt, um guten Willen zu zeigen. Sie erklärte der Mutter, dass die alten Gewissheiten nichts mehr taugten. Von wegen Bildung und Aufstiegschancen. Das sagte ihr Berater auch. Was nun zählte, waren Ellenbogen und Flexibilität. Es sei nötig, die eingefahrenen Wege zu verlassen. Blabla. Er schickte sie zu einer Berufsorientierungsmaßnahme. Hier sollte sie überlegen, wo ihre Stärken und Schwächen lagen, die musste sie auf einen Zettel schreiben und vorlesen. Der Zettel blieb leer. Es ging niemanden etwas an.

»Versuchen Sie es mit Dienstleistungen«, hatte der Berater ihr vorgeschlagen. »Das ist die Zukunft. Machen Sie sich selbstständig. Ein Bügelservice zum Beispiel.« Dafür gebe es sogar Förderung. »Kleinvieh macht auch Mist. Und für das große Geschäft fehlt Ihnen sowieso der Biss.«

»Woher nehmen Sie Ihre Weisheit?«, hatte Christina ihn gefragt.

»Sonst säßen Sie nicht hier, oder? Außerdem sind Sie fast dreißig und eine Frau.«

So deutlich hatte ihr das noch keiner gesagt. Sie musste

an ihre Mutter denken, die sich die Knochen kaputtgebügelt hatte. Der konnte man fehlenden Biss nun wirklich nicht vorwerfen.

»Sie liegen vollkommen richtig«, hatte Christina geantwortet.

Sie war dann zu keinem weiteren Gespräch mehr hingegangen, sie kam auch so zurecht. Sie hatte stattdessen ein Stellengesuch aufgegeben, mehr aus einer zornigen Laune heraus und nicht, weil sie mit ernsthaften Angeboten rechnete.

Frau mittleren Alters ohne Ellenbogen sucht faire Arbeit.

Es kamen eine Menge Zuschriften, die meisten unverschämt und unter der Gürtellinie. Ein einziges ernst gemeintes Angebot war dabei. Ein alternativer Buchladen suchte eine Aushilfe.

»Wir haben miese Arbeitszeiten und können leider nicht gut zahlen, aber hier kann man was für die Seele tun«, meinte die Frau am Telefon. Christina war sofort interessiert und ging zum Vorstellungsgespräch.

Bücher gab es zwar auch, vor allem aber konnte man bei »Geistzeit« Esoterikkram kaufen, Traumfänger, Klangschalen, Tarotkarten und dergleichen mehr. Wer hier einkaufte, wollte Kontakt zu anderen Welten aufnehmen. Christina wurde neugierig und der Job bot eine willkommene Abwechslung zu ihren VHS-Kursen. Sie sagte zu.

Nun war sie auch abends öfter unterwegs und kam sich mit Magda weniger in die Quere. Die war immer noch sauer, weil sie nicht Lehrerin sein wollte. Stattdessen betreute sie Vorträge und Seminare. Geistheilen, Aurasehen, Engelmeditation. Sie versuchte gar nicht erst, Magda zu erklären, was für eine Art von Laden das war und was sie da machte. Magda würde sie für völlig übergeschnappt halten, allerdings betrat die Mutter nicht einmal einen normalen Buchladen, eine merkwürdige Scheu hielt sie ab. Sie kaufte ihre Groschenhefte am Kiosk um die Ecke. Da gab es auch Zigaretten und die Fernsehzeitung und mit dem Verkäufer nahm sie die allgemeine Weltlage auseinander, am Ende war das Wetter an allem schuld.

Was die Arbeit betraf, hatten sie beide ihre Geheimnisse. Sie redeten nicht weiter darüber oder nur das Nötigste, so lautete die stillschweigende Übereinkunft. Christina lernte den Unterschied zwischen Pendel und Tensor und die Mutter fuhr von einem muffigen Gasthof zum nächsten, um Heizdecken zu verkaufen. Christina arbeitete gern im Buchladen. Magda dagegen zählte die Tage bis zu ihrer mageren Rente und prügelte sich mit ihren Durchhalteparolen auf den letzten Metern noch zur Arbeit. Man müsse sich nach der Decke strecken, die Zähne zusammenbeißen, gegen die Obrigkeit war kein Kraut gewachsen, Augen zu und durch, der Chef hat immer recht und Diedaoben sowieso.

Ihre Weisheiten verloren in diesem Sommer an Gewicht, denn ausgerechnet der Osten machte ihr vor, dass es anders ging. Sie sahen die Bilder im Fernsehen. Immer mehr flohen gegen den Willen ihrer eigenen Obrigkeit in den Westen. Ganze Züge kamen jetzt aus Österreich, voll mit Republikflüchtlingen.

»Die werden schon sehen, was sie davon haben«, meinte Magda, die sich ihren Pessimismus nicht nehmen lassen wollte. »Bald kommt das dicke Ende nach.«

Eines Abends saßen Magda und Christina beim Abendbrot und sahen fern, es lief eine Vorabendserie. Da klingelte das Telefon.

»Geh du ran«, sagte Magda. »Wenn das mein Chef ist, ich bin nicht da. Ich soll bestimmt wieder seine Tour übernehmen.«

Es war aber Onkel Hans. Er hatte lange nicht mehr angerufen. Christina freute sich, seine Stimme zu hören. »Wie geht es euch? Was machen Enne und Suse?«

»Suse ist weg.«

Danach schwieg er und Christina wusste auch nicht, was sie dazu sagen sollte. Suse war schon früher immer mal weg gewesen und wieder aufgetaucht, wenn er das meinte.

»Die kommt bestimmt wieder«, sagte sie und ahnte, dass das die falsche Antwort war.

»Die hat rübergemacht. Über Ungarn.«

Christina lachte, obwohl ihr nicht danach zumute war.

»Suse? Nein!«

In der Leitung knackte es. Christina schlug auf die Sprechmuschel.

Magda sah vom Fernseher auf.

»Hat sie sich bei euch gemeldet?«

»Nein. Bisher nicht. Aber bist du dir sicher, dass sie weg ist?«

»Die ist nun über eine Woche verschwunden und wir haben noch nichts von ihr gehört.«

Magda kam aus ihrem Sessel hoch und nahm den Hörer.

»Hans? Was ist mit Suse?«

Sie hörte zu, unterbrach dieses Mal nicht, sagte *Nein*

und *Ja*, dass sie sich melden werde, sobald Suse bei ihnen aufkreuzte, und hatte noch ein aufmunterndes Wort. »Die taucht ganz bestimmt wieder auf. So eine geht doch nicht verloren.«

In den nächsten Tagen telefonierte Christina die Durchgangs- und Notaufnahmelager ab. Suse war in keinem angekommen. Sie ging zur Polizei, wollte eine Vermisstenanzeige aufgeben. Der Beamte schickte sie nach Hause. Suse blieb verschwunden. Christina versuchte es heimlich mit Pendeln über einer Landkarte, das hatte sie in einem Seminar gelernt. Antworten erhielt sie nicht.

In Leipzig gingen die Menschen inzwischen auf die Straße, riefen *Wir sind das Volk!* Die Ereignisse überschlugen sich. Ende September stand Genscher auf einem Prager Balkon und verkündete Tausenden die Ausreise. Wer hätte das für möglich gehalten.

»Wenn das mal gut geht«, meinte Magda. Von Suse hatten sie noch immer nichts gehört. Die Erde hatte sie verschluckt.

28

Eine große Unruhe machte sich breit, auch am Theater. Das Publikum raste bei jedem Wort, jeder Geste und jedem Satz, der doppeldeutig zu verstehen war, wenn man nur wollte, und die Leute lechzten danach. Hoffnung lag in der Luft. Gorbatschow hatte sie geweckt und die Nachbarn machten vor, was daraus werden konnte. Doch das Politbüro mauerte. Wenn der Nachbar seine Wohnung neu tapeziere, sei man nicht verpflichtet, ihm das nachzumachen. Nur hingen die Tapeten schon längst in Fetzen von der Wand.

Enne hatte die Bilder von den Demonstrationen gesehen. Ganz normale Leute, Familien mit Kindern, Alte, Junge. Keiner konnte behaupten, dass das alles Staatsfeinde waren. *Wir sind das Volk!*

Enne fand das aufregend und auch, dass sie recht hatten. Nur schaffte sich das Volk gerade selbst ab. Am Morgen wussten sie manchmal nicht, ob sie am Abend spielen konnten, wenn sich wieder jemand vom Acker gemacht hatte, ohne vorher ein Wort zu sagen. Weiß Gott, hier war nicht alles gut. Vieles lief schlecht. Aber wegzulaufen und sie mit dem Schlamassel alleine zu lassen, das machte Enne jeden Tag ein bisschen zorniger. Vielleicht war sie auch nur wütend auf Suse, die sich noch immer nicht gemeldet hatte.

»Was wollen die denn alle da drüben? Bananen essen?«,

fragte sie Franz, als der mal wieder aufgetaucht war. Er kam nicht mehr so oft in die Wohnung, er hatte sich verlobt und lebte schon länger bei seiner Neuen. Es schien gut zu laufen.

»Die haben einfach die Nase voll«, sagte er. »Kannst du das nicht verstehen?«

»Doch. Natürlich. Aber so ändert sich auch nichts.«

»Wenn die da oben keinen mehr haben, den sie rumkommandieren können, dann schon. Hier geht doch sowieso bald alles den Bach runter.«

Die Unzufriedenheit war schon lange zu spüren gewesen, aber nun kamen die Dinge ins Rutschen und rissen immer mehr mit sich fort. Sogar das Sommermärchen, vollkommen unpolitisch und harmlos. So hatte Enne gedacht.

Sie spielten seit dem Sommer *Des Kaisers neue Kleider* und das Märchen war der Renner der Saison. Sie nahmen das Stück mit in den Herbst, weil die Bude immer voll war. Am Tag spielten sie für die Kleinen, am Abend für die Erwachsenen. In den Abendvorstellungen ließen sie den König tatsächlich nackt über die Bühne gehen. Das Publikum johlte. Das war der Kreisleitung zu Gehör gekommen. Das Stück wurde abgesetzt, wegen des nackten Königs, dabei sah man ihn nur von hinten.

Es fühlte sich an, als säßen sie alle auf einem Vulkan, aus dem schon die Asche flog.

Im Oktober fuhr Enne nach Berlin. Sie musste mit eigenen Augen sehen, was da los war. Sie musste mit auf die Straße gehen. Sie wollte wissen, wie sich das anfühlte, wenn man sich die Macht zurückholte.

Als sie dann unter den Leuten stand, hörte sie schon diesen anderen Satz. *Wir sind ein Volk!*

Sie sah auch Plakate, die den Umriss des wiedervereinigten Deutschlands zeigten und die bundesdeutsche Flagge. Sie hörte, wie immer mehr in diesen Satz einstimmten, der keine Hoffnung mehr machte, sondern aggressiv klang und wenig nach Aufbruch. Darum sollte es also am Ende gehen. Um ein *einig Vaterland*. Um die Nation. Es fühlte sich an wie ein Schlag ins Gesicht. Sie hatte dann keine Lust mehr auf die Demo gehabt und war wieder nach Hause gefahren, nicht in die Wohnung unter dem Dach, sondern gleich auf den Kamp, weil sie das Gefühl hatte, nach dem Rechten sehen zu müssen, ob noch alle da waren und ob Suse sich vielleicht doch noch gemeldet hatte.

Als sie kam, saß Lore im Wohnzimmer und zählte die Blumen auf der Tapete, jedenfalls sah das so aus. Enne fand, dass sie durchsichtig wurde und klein. Als hätte sie auch beschlossen, zu verschwinden, nur auf eine andere Art und Weise. Sie ging zu ihr hin.

»Mama?«

Lore sah auf. Sie lächelte und strich ihr über die Wange. Ihre Handfläche fühlte sich an wie Pergament. »Meine Enne. Dass du mich besuchen kommst. Wo warst du?«

»In Berlin.«

»Was willst du bloß immer in dieser Stadt?«

»Nur mal gucken.«

»Und hast du Suse getroffen? Wie geht es ihr?«

Vielleicht lag es an den Medikamenten, die der Arzt ihr verschrieben hatte, oder daran, dass sie zu wenig aß und trank. So verwirrt hatte Enne die Mutter noch nie erlebt, es war kaum zu ertragen. Sie schwankte zwischen einer gnädigen Lüge und der Wahrheit. Sie entschied sich für Letzteres.

»Es tut mir leid. Ich habe Suse nicht getroffen. Sie kommt wohl nicht wieder.«

Eddy stand auf einer Leiter, er hatte angefangen, die alten Tapeten abzureißen, auf die Lore nun schon seit Wochen starrte. Nun hielt er inne.

»Warum bist du so brutal zu ihr?«

»Weil es die Wahrheit ist. Und warum reißt du die Tapeten ab? Die hängen da schon immer.«

»Ebendeshalb.«

Am nächsten Tag war Enne zurück in Anklam. Sie musste wieder ins Theater. Als sie in die Wohnung kam, lag ein Brief auf dem Küchentisch. Sie erkannte Franz' Schrift. »Mach's gut, Enne, ich bin dann auch mal weg.«

Mehr stand da nicht. Mehr musste Enne nicht wissen. Sie zerknüllte das Papier und warf es in den Ofen. Sie hatten gute Zeiten gehabt, aber mehr schlechte, sie trauerte ihm nicht nach. Noch in derselben Woche gab sie die Wohnung auf, packte ihre Sachen und zog endgültig zurück auf den Kamp. Jemand musste bleiben und sich um alles kümmern.

Im November war es so weit, Lores Haut war wie aus Glas, die Augen riesig, der Blick erschrocken. Der Arzt konnte nichts an ihr finden, nur, dass sie zu wenig aß und trank. Es sei wohl seelisch bedingt. »Wenn Sie nichts essen, Frau Jendrich, müssen wir Sie ins Krankenhaus bringen. Dann werden Sie zwangsernährt. Wollen Sie das?«

Lore schwieg. Dem Arzt reichte das. Er ließ sie allein.

»Aber ich kann nicht«, antwortete Lore, als er schon gegangen war.

Der Vater wusste sich nicht zu helfen, er schimpfte mit ihr, hob sie hoch und wollte sie an den Tisch tragen.

»So geht das nicht, mein Mädchen! Nun wird schön gegessen und dann gehen wir ein paar Schritte im Garten.«

Aber Lore floss ihm wie Wasser durch die Arme, er konnte sie nicht halten. Enne half ihm, sie wieder in ihren Sessel zu setzen. »Bring mich nicht ins Krankenhaus«, bettelte sie. Der Vater seufzte und versprach es.

Eddy wohnte auch noch im Haus, obwohl er schon mehrmals angeboten hatte, auszuziehen, weil aus der Hochzeit ja nun nichts mehr wurde. Er schlief auch noch oben. Enne blieb das Sofa. Sie war damit zufrieden. Sie hätte es in dem alten Kinderzimmer ohnehin nicht ausgehalten.

Sie lieh sich nun öfter den Lada, wenn sie ins Theater musste, denn das Jahr ging zu Ende, es wurde kalt und neblig und die Wege waren zu schlecht, um sie nachts mit dem Rad zu befahren. Man brach sich nur den Hals. Enne vermisste die Wohnung und wollte trotzdem nicht zurück. So war es mit allem. Nichts stimmte mehr, nichts passte noch zusammen. Dass Suse verschwunden blieb, ausgerechnet sie, von der alle angenommen hatten, dass sie verwurzelt war mit der jendrichschen Scholle, das zehrte an ihnen allen. Die Ungewissheit über ihr Schicksal war jedoch das Schlimmste. Eddy sprach dann aus, was alle schon lange fürchteten. »Ihr muss etwas zugestoßen sein.«

Lore nickte. »Sie ist tot.«

Aber Hans wollte davon nichts hören. »Sie lebt. Ich kann das fühlen.«

Am Donnerstag war keine Vorstellung gewesen, weil der König fehlte, und Enne war zu Hause geblieben. Der Vater schaute fern, das hiesige Programm. Seit Suse weg war, vermied er alles, was mit dem Westen zu tun hatte. Er gab der anderen Seite die Schuld. Die hatte ihm die Tochter geraubt mit ihren Versprechungen, so hatte er sich das zurechtgeschustert, so konnte er damit leben. Magdas Paket hatte auch nicht er geöffnet, sondern Enne. Sie las den Brief vor. Magda schrieb, dass Christina Suchanzeigen in verschiedenen Zeitungen aufgegeben hatte und dies und das. Sie habe sogar im Radio einen Aufruf gestartet und ein Interview gegeben. Der Vater hatte das Lore erzählt, aber die blieb stumm, nickte nur und schien zu lächeln. Ihr Gesicht war eine Maske, die Haut über den blanken Schädel gezogen, so sah sie nun aus.

An ebendiesem Abend stand Albrecht im Flur, es war schon spät und der Vater hatte Lore gerade ins Bett getragen, damit Enne sich das Sofa zurechtmachen konnte. Er würde nun auch schlafen gehen.

Enne schlug gerade das Laken aus, als sie die Tür hörte. Im ersten Moment dachte sie, dass Eddy nochmal nach draußen gegangen war, aber etwas irritierte sie. Es war der schwerere Schritt. Sie sah zum Fenster. Die Nacht hatte kein Licht, weder Mond noch Sterne. Kalt und feucht zog es durch die Fensterritzen. Draußen war niemand. Sie legte das Laken weg, ging in den Flur und sah Albrecht, wie er da stand und sich verlegen den Kopf kratzte.

»Ist was mit deinem Hund?«, fragte Enne, denn sie konnte sich keinen anderen Grund denken, warum Albrecht so spät noch rübergekommen war.

»Nein. Nicht mit dem Hund. Mit der Mauer.«

»Mit welcher Mauer? Was meinst du?«

»Unsere Mauer! Die ist offen.«

Enne lachte. »Du hast schlecht geträumt. Komm mit in die Küche, ich mach uns ein Bier auf.«

Sie ging voran, aber Albrecht folgte nicht. Sie hörte, wie in der Stube der Fernseher lief. Sie ging nachsehen, wer jetzt noch gucken wollte, es kam doch nichts mehr. In jeder Hand hielt sie eine Flasche Bier. In der Tür blieb sie stehen. Das Westfernsehen brachte eine Sondersendung. In Berlin strömten die Menschen über die Grenze und wurden im Westen jubelnd empfangen. Die Grenzsoldaten sahen zu, als sei das normal.

Enne sah die Bilder und fragte sich, was nun aus ihnen allen werden sollte.

29

Die Grenzen blieben offen. Enne setzte sich in den Zug und reiste in die graue Stadt. Christina holte sie am Bahnhof ab. Sie fuhren mit dem Bus weiter, vorbei an Hochhäusern, an schäbigen Altbauten, schließlich an den schönen Villen, die immer an den Stadträndern lagen, im Grünen und abseits der großen Straßen. Sie fuhren aus der einen Stadt heraus und in die andere hinein, ohne es wirklich zu merken. Hier war so viel Verkehr, dass Enne ganz schwindlig wurde. Laut war es auch.

Magda wohnte in einer der alten Straßen und in einem der alten Häuser. Sie hatte Kuchen gebacken, wie sich das gehörte und wie Lore das auch immer getan hatte.

»Wie geht es deiner Mutter?«, fragte sie.

»Schlecht.«

Sie musste sich erst sortieren, bis sie alles erzählen konnte, nämlich, dass Lore wohl im Sterben lag, obwohl kein Arzt eine Krankheit hatte feststellen können.

Magda seufzte. »Sie wird schon noch drüber hinwegkommen. Sowas braucht Zeit.«

»Die hat sie nicht mehr.«

Sie aßen den Kuchen, tranken den Kaffee und schwiegen. Enne sah sich verlegen um. Sie hatte sich Magdas Haus und die Gegend, in der sie lebte, anders vorgestellt. Prächtiger. Grüner. Reicher.

Stattdessen lag im Hausflur Unrat herum. Zeitungen

und anderer Müll. Es stank nach Urin. Das hatte es nicht einmal in ihrem Berliner Haus gegeben, das zu den Schäbigsten gehört hatte. Christina hatte sich schon vorher für alles entschuldigt. »Es ist wohl so, dass das Haus abgerissen werden soll.« Das hatte sie im Bus erzählt.

Als sie nun hier zusammensaßen, fragte Enne, wo sie denn hinziehen wollten, wenn sie hier rausmüssten.

»Tja. Das weiß keiner. Ist gerade schwierig mit Wohnungen. Zur Not schlafen wir unter der Brücke.«

Christina hatte das halb im Scherz gesagt. Dann herrschte wieder Stille. Wo sollten sie auch anfangen zu erzählen? Christina stellte dann eine erste Frage, nämlich, ob diese *Wiedervereinigungswut* auf dem Kamp auch schon angekommen sei. Sie benutzte dieses Wort.

»Was meinst du?«, wollte Enne wissen.

»Ich lese das jeden Tag in der Zeitung. Oder sie berichten davon im Radio. Der erste deutschdeutsche Schäferhundeverein, die erste deutschdeutsche Fußballfreizeit, das erste deutschdeutsche Anglertreffen und so weiter. Das wird alles abgefeiert, als wär's der heilige Gral. Dabei weiß noch keiner, wie die Sache ausgeht. Bist du für die Wiedervereinigung?«

Ganz schön viele Fragen. Enne wusste so schnell keine Antwort.

»Nun lass sie doch erst mal ihren Kuchen essen!«, mahnte Magda. Sie plauderten dann ein bisschen über die Zugfahrt und über das Wetter, bis Enne auf die Fragen antworten konnte. Sie hoffe, das mit der Wiedervereinigung ginge nicht so schnell.

»Ich hoffe auch, dass diese Zwischenzeit noch ein bisschen dauert«, sagte sie. »So vieles ist möglich. Man kann

Dinge ausprobieren, weil da ein Vakuum ist. Das eine geht, das andere ist noch nicht da.«

Dann erzählte Enne, dass sie gerade aus Berlin kam. Sie hatte Britt und Henry besucht, ihre alten Freunde, mit denen sie damals, in dieser anderen Zeit, Kabarett gespielt hatte.

»In der Stadt oder wenigstens im Ostteil, da herrscht Anarchie. Alles scheint plötzlich möglich.«

Enne erzählte auch davon, wie sie versuchten, irgendwie weiterzumachen, nur galten die altbekannten Regeln nicht mehr. Ihre Freunde hatten ein Haus besetzt, ohne dass sie jemand davon abgehalten hatte, nicht einmal die Vopos interessierte das noch. Sie wohnte nun in Friedrichshain und zahlte keine Miete. Es waren auch Westler rübergekommen, wegen der leerstehenden Wohnungen und weil im Westteil Wohnungsnot herrschte oder einfach, um mal zu gucken oder etwas Neues auszuprobieren. In den besetzten Häusern übten sie schon mal die Wiedervereinigung und schrieben sich die neuen Regeln selbst.

»So könnte das bleiben«, meinte Enne.

»Wenn ich das so höre«, sagte Magda, »dann denke ich, Suse müsste da mittendrin sein. Das wäre genau das Richtige für sie, oder?«

»Ja. Schon.«

»Ich hab mich sowieso immer gefragt, warum sie in der LPG angefangen hat. Und dann dieser Eddy! Der ist doch viel zu alt für das Mädchen. Und kriegt den Mund nicht auf. Wenn du mich fragst, dann ist Suse in Berlin und genießt ihre Freiheit.«

Christina nickte und Enne wollte das auch gerne glauben.

»Aber warum schreibt sie nicht? Warum ruft sie nicht wenigstens bei Albrecht an? Hallo, ich bin da und da und es geht mir gut, sag das meinen Eltern? Unsere Mutter geht vor die Hunde und sie genießt die neue Freiheit?«

Darauf wussten sie alle keine Antwort.

»Wenn du willst, zeig ich dir später die Stadt«, schlug Christina vor. »Obwohl, hier gibt es nicht viel zu sehen.«

»Wie auf dem Kamp.«

»Nur nicht so schön.«

Später gingen sie durch die graue Stadt. Christina zeigte Enne die Brache, auf der sie als Kind gespielt hatte, und die alte Schlosserei, wo sie versucht hatte, sich das Rauchen beizubringen.

»Langsam versteh ich, warum du so gern bei uns warst.«

Sie gingen in den Park, setzten sich auf eine Bank und redeten. Zuletzt führte Christina Enne zu Karstadt. Sie fuhren die Rolltreppen hinauf und Enne verlief sich fast zwischen den vielen Ständern und Regalen. Sie fühlte sich erschlagen von der Überfülle und brauchte eine Pause. Sie gingen in ein plüschiges Café und aßen Kuchen.

»Willst du wieder nach Berlin ziehen?«, fragte Christina.

Enne zögerte mit der Antwort, obwohl sie sie längst kannte. Sie dachte an Lore und den Vater und sie dachte vor allem auch an Eddy, der still vor sich hin litt, es sollte keiner merken, weil Lore ihm die Schuld gab.

»Ich gehöre auf den Kamp«, sagte sie. »Die brauchen mich da.«

»Und was ist mit der neuen Freiheit? Willst du die nicht genießen?«

»Ich finde, ich bin schon immer frei gewesen.«

»Da wird dir so mancher widersprechen, denke ich.«

»Kommt auf die Definition an. Aber was ist mit dir?«, fragte Enne. »Nun hättest du die Gelegenheit, in den Osten zu ziehen. Da fragt dich keiner mehr, ob du ein Staatsfeind bist oder so. Das wolltest du doch schon immer.«

30

Sommer 1990

Christina hatte sich längst damit abgefunden, dass sie in ihrem Leben nur Zuschauerin blieb. Mit Glück rechnete sie nicht mehr und das mit den Männern hatte sich auch erledigt. Am Ende hatten die alle ein bisschen Ähnlichkeit mit Toni gehabt und sie war sich neben ihnen dumm vorgekommen. Deshalb gab sie sich nun lieber mit den Geistern ab, ohne das groß raushängen zu lassen. Die konnte man mit ein bisschen Hokuspokus und Räucherstäbchen einfach wegschicken. Das Zubehör gab es bei *Geistzeit* zu kaufen und den richtigen Ratgeber gleich dazu. Christina kriegte Rabatt und kannte sich mittlerweile aus. Sie hatte inzwischen auch eine neue Wohnung gefunden, in der roch es wie in der Kirche an Heiligabend. Sie gab sich Mühe, alles schön zu machen. Bunte Flickenteppiche, Mandalas, Traumfänger und eine Amethystdruse, für die sie lange gespart hatte, machten eine schöne Atmosphäre. Ihre zwei Zimmer waren für sie wie eine zweite Haut.

»Einmal Hippie, immer Hippie«, kommentierte Magda, als sie sie besuchen kam. Sie wohnte noch in der alten Wohnung, hatte noch nichts Passendes gefunden.

»Na, wenigstens nimmste keine Drogen.«

Sie hatten beide ihre Geheimnisse.

Christina fing an, sich in ihrem Leben einzurichten, sie hatte sich mit vielem abgefunden, nur verlangte es ausgerechnet jetzt eine Entscheidung. Sollte sie auf den Kamp ziehen? Seit ihrem ersten gescheiterten Versuch hatte sie davon geträumt, wie man von einem Lottogewinn träumte oder von einem Prinzen. Beides war schwer zu kriegen. Nun stand dem Unerreichbaren nichts mehr im Wege und Christina hatte nichts Besseres zu tun, als sich ängstlich Gegenargumente zurechtzulegen. Nochmal neu anfangen mit knapp dreißig? Das war noch kein Alter. Magda wurde allerdings nicht jünger, sie hatte Probleme mit den Knochen, kam aber gut ohne sie zurecht. So eng waren sie beide nicht. Aber wo sollte sie wohnen? Auf dem Kamp standen ganze Häuser leer. Entweder waren die Bewohner gestorben, in den Westen gegangen oder sie packten schon alles zusammen für die Übersiedlung. Und wovon sollte sie leben? Es gab drüben keine Arbeit für sie. Die Regierenden fingen schon an, über die Abwicklung der volkseigenen Betriebe nachzudenken. Enne hatte ihr jedoch geschrieben, dass sie in der Theaterkantine eine Aushilfe suchten. Und war es zu guter Letzt nicht ziemlich verrückt, an den Rand der Welt zu ziehen, also genau das Richtige für jemanden wie sie? Zu DDR-Zeiten war sie entschlossen gewesen, nun fing sie an zu zögern, dabei reihte sie sich nur ein. Es war ein Kommen und Gehen. Wer es im Westen zu nichts gebracht hatte, der konnte es nun auf der anderen Seite versuchen. Ihr gingen die Argumente aus. Sie traf eine Entscheidung. Magda profitierte auch noch davon, denn sie konnte in Christinas Wohnung ziehen. So war am Ende allen gedient.

Sie zog in das einsamste Haus, in der Nachbarschaft war nur Wildnis. Almas Haus wäre auch in Frage gekommen, aber Christina fand, dass es eine schlechte Aura hatte und dass man Alma noch in allen Winkeln spüren konnte. Sie geisterte im Haus herum, Christina meinte, sie zu hören. Oder es waren die Mäuse. Sie hätte sich sowieso für das andere Haus entschieden. Es hatte schon eine Weile leer gestanden, war klein und spartanisch und lag abseits vom Dorf auf einer kleinen Warft. Sie bekam es fast geschenkt. Die Erbin lebte im Ausland und war froh, es los zu sein.

Es führte keine Straße dorthin, nur ein Sandweg, der bei Hochwasser überschwemmt wurde. Sie hatte kein Auto, nur einen Motorroller, der hatte im Schuppen gestanden und Eddy war gekommen, um ihn zu reparieren. Im Garten lag ein kleines Ruderboot, für alle Fälle.

Christina musste sich nicht einleben, es war eher ein Gefühl von Nachhausekommen, als gehörte sie schon immer hierher.

Alles andere fügte sich. Der Job in der Theaterkantine war okay. Im Garten zog sie Gemüse. Es gab einen Apfelbaum, sie kochte Mus aus den Früchten, und Albrecht brachte ihr ab und an einen Braten. Sie war nicht wählerisch.

Es ging ihr gut hier. Sie kam zur Ruhe. Einzig die Sache mit Lore machte sie traurig. Das Sterben zog sich, sie war bettlägerig. Enne und Eddy kümmerten sich um sie, denn Hans ging die Sache viel zu nah. Er ertrug es nicht zu sehen, wie seine Frau von Tag zu Tag weniger wurde. Er verfluchte Suse und vermisste sie. So hatte er das Christina in einem stillen Moment gebeichtet. Er floh öfter zu ihr. Christina kochte ihm Tee und hörte zu. Die beiden hatten sich schon immer gut verstanden, selbst im Schweigen. Ihre Spökenkiekerei nahm er so hin, irgendeinen Spleen hatten sie doch alle.

»Moin, mien Deern!«, begrüßte er sie auch heute und latschte in seinen ausgeleierten Gummistiefeln in die Küche. Er kam vom Angeln und legte Christina einen Fisch auf den Tisch. »Dein Abendbrot.«

Christina schaute nur kurz auf. »Danke.«

Sie war gerade dabei gewesen, den Abfluss zu reinigen, weil der schon länger verstopft war. Der Siphon lag auf dem Boden, unter der Spüle stand ein Eimer. Etwas hing aus dem Ausguss heraus, das Ähnlichkeit mit einer toten Ratte hatte, aber es waren Haare und Dreck, die zu einem grauen Teig zusammengebacken waren. Christina starrte angewidert auf den Klumpen. Der Onkel kniete sich hin, griff danach und riss ihn herunter. Es klatschte, als er die Sauerei in den Eimer warf. Zimperlich war er nie gewesen.

»Der hier gewohnt hat, konnte sich zuletzt um sowas nicht mehr kümmern. Musste dir nichts bei denken, Deern.«

Er fing sofort an, den Siphon wieder einzubauen. Dann ließ er zur Probe das Wasser laufen.

»So. Geht wieder. Aber einen neuen Wasserhahn brauchst du auch bald. Ich glaub, ich hab noch einen im Schuppen.«

Christina stellte den Eimer nach draußen.

Es gab im Haus einige Baustellen, aber im Großen und Ganzen funktionierten die Dinge. Der Onkel wischte sich die Hände an den Hosenbeinen ab und machte Anstalten, sich zu setzen.

»Du kannst dir hier die Hände waschen«, sagte Christina, »da liegt auch Seife.«

Er tat so, als habe er es nur vergessen.

Sie legte den Fisch in eine Schüssel und stellte die in den Ausguss. Der Onkel hatte ihn schon ausgenommen, er wusste, dass Christina sich vor den Innereien ekelte. Sie setzte Wasser auf für Tee.

Als sie zusammen am Tisch saßen, sprach Christina das heikle Thema an. Enne war gestern auch schon bei ihr gewesen und hatte sich ausgeweint. Lore hatte Schmerzen, Enne fand, sie sollte in die Klinik, aber Hans weigerte sich.

»Du willst doch nicht, dass sie sich quält, oder?«

Der Onkel seufzte und schüttelte den Kopf. »Wer will das schon. Aber diese Kurpfuscher haben nichts bei ihr gefunden. Warum sollten ausgerechnet die ihr nun helfen?«

Das wusste Christina auch nicht.

»Die liegt nur noch da, kriegt Astronautenkost durch die Sonde und guckt die Decke an. Die merkt doch nichts mehr.«

»Ein Jammer.«

»Ist kein Leben, sowas.« Er druckste ein bisschen herum. »Kennst du keinen Hokuspokus, der ihr helfen kann?«

»Wie. Helfen? Wie meinst du das?«

»Na ja. Dass sie nicht mehr so leiden muss.«

»Ich bin keine Heilerin.«

Der Onkel brummte etwas in seinen Bart. Daran habe

er dabei nicht gedacht. Christina ahnte, was er meinte. »Ich bin auch nicht der liebe Gott. Ich kann ihr beim Sterben nicht helfen.«

»Gibt doch bestimmt ein Kraut oder sowas, das, na ja.«

Der Onkel trank seinen Tee.

»Schlag dir das aus dem Kopf.«

»Na ja. Denn is' das so, oder?«

»Ich könnte höchstens versuchen herauszufinden, was mit Suse passiert ist«, schlug Christina vor. »Vielleicht hilft es Lore, loszulassen.«

Inzwischen hatte sogar die Polizei nach Suse gefahndet, ohne Ergebnis. Wahrscheinlich würde ein Wanderer irgendwann im ehemaligen Grenzgebiet ihre Überreste finden, aber das dachte Christina nur. Für Lore würde sie sich eine Geschichte ausdenken.

»Und wie willst du das machen?«, fragte Hans.

Ihr würde schon etwas einfallen.

Am Nachmittag ging sie zum Fischerhaus. Sie setzte sich an Lores Bett und nahm ihre Hand. Die war heiß und trocken. Die Tante sah sie nicht an, sie hielt die Augen geschlossen. Vielleicht stimmte es, was der Onkel sagte, und sie bekam schon nichts mehr mit.

»Ich habe Suse gefunden«, flüsterte sie trotzdem. Es kam ihr vor, als wenn Lore kurz die Luft anhielt. Christinas Herz schlug ihr bis zum Hals, denn sie log das Blaue vom Himmel herunter. Sie hatte nichts gefunden. Auch ihre Geister schwiegen, aber das musste Lore nicht wissen.

Sie öffnete die Augen und sah Christina an.

»Wo?«

»Sie ist schon drüben. Auf der anderen Seite. Sie wartet auf dich.«

Ihr wurde ganz flau bei dem Gedanken, dass das möglicherweise nicht stimmte.

31

Sommer 2019

Sie kletterten über die Tür aus der Kammer, wo sie Suse gesucht hatten. Eddy und Enne stiegen die nassen Stufen wieder nach oben, bis sie auf dem Weg oberhalb vom Brückenkopf standen. Sie hatten keine Spur von Suse oder sonst jemandem gefunden.

»Und jetzt?« Enne wusste nicht weiter.

Eddy rieb sich die Augen. »Keine Ahnung. Wahrscheinlich hattest du recht und Christina hat sich getäuscht.«

»Die trinkt zu viel von ihren komischen Tees.«

»Kann gut sein.« Er klang frustriert und müde.

Enne hätte ihm nun gerne die Hand auf die Schulter gelegt und gesagt, dass sie zurückgehen sollten, um das zu tun, was sie in der Nacht beschlossen hatten, aber sie wusste nicht, ob er das noch wollte. Wieder funkte Suse dazwischen.

Enne ging einfach los, sie musste sich bewegen. Dann stand sie an der Stelle, wo ihr Vater oft geangelt hatte, in den frühen Stunden, die sie als kühl und frisch erinnerte. Dieser Morgen war auch noch nicht alt, aber schon staubig.

Am Hafen machte Ruben, der Fährmann, gerade das Boot fertig, obwohl Montag war und er das Wochenende durchgearbeitet hatte. Die Einnahmen mussten über den Winter reichen und es kamen sicher auch heute ein paar Gäste. Schließlich war noch Urlaubszeit.

Die Sonne stach schon, sie kroch hinter einem gelben Dunstschleier hervor. Es würde ein schwüler Tag werden. Bestimmt gab es heute noch ein Gewitter und hoffentlich endlich Regen. Die Trockenheit setzte allen zu. Die Blätter fielen schon von den Bäumen, die Weiden waren ausgedorrt, für das Vieh musste Futter zugekauft werden, das hatte Albrecht erzählt. Der hielt sich ein paar Rinder.

Eddy setzte sich ans Ufer in den Sand. Sie hatten beide wenig geschlafen.

»Wo willst du jetzt noch suchen?«, fragte Enne.

»Frag mich was Leichteres.«

»Willst du sie überhaupt finden?«

»Was ist denn das für eine Frage!«

Sie setzte sich neben ihn. Sie sahen zu, wie eine Gruppe Radfahrer zur Fähre fuhr, wie sie zahlten, ihre Räder auf die Ladefläche schoben und sich setzten, wie das Boot mit einem eleganten Schlenker losfuhr. Als Ruben sie entdeckte, winkte er ihnen zu.

»Moin! Schon unterwegs?«

Enne winkte zurück. »Bist ja auch schon wieder fleißig!«

Eddy stand auf. »Hast du diese Frau Pohl heute schon gesehen!«, rief er laut über das Wasser.

Ruben lachte. »Hat die überhaupt schon mal jemand gesehen?«

Das Boot entfernte sich rasch und war schnell außer Rufweite.

»Komm«, sagte Enne und nahm Eddys Hand. »Hier ist sie nicht. Sie ist überhaupt nirgends. Lass uns zurückgehen.«

Sie gingen den Weg, den sie gekommen waren, und sahen sich weiter um. Auf den Wiesen standen Silberreiher, ein Storch schritt durchs dürre Gras, Albrechts Rinder weideten, aber keine Frau im langen Gewand, Suse ähnlich oder auch nicht, ging in der Gegend herum und auch keine dunkle Gestalt. Außer Albrecht war da kein Mensch. Der kam gerade von seinem Rundgang zurück, sie konnten vom Deich aus sehen, wie er die Straße entlangging. Er blieb immer wieder stehen, weil er auf seinen Hund warten musste. Der hechelte hinter ihm her.

Sie kamen zu einer Abzweigung. Der eine Weg führte zurück ins Dorf, der andere in die entgegengesetzte Richtung und zu Christinas Haus, ein dritter endete in den Wiesen. Der Weg, der zu Christina führte, war mal bis ins Nachbardorf gegangen, nun kümmerte sich keiner mehr darum. Er war so zugewuchert, dass man nicht mehr durchkam. Dorthin hatte sich bestimmt niemand verirrt.

An der Gabelung standen ein paar Bäume und spendeten Schatten, darunter stand eine Bank, schon halb verwittert. Die war noch aus den alten Zeiten übriggeblieben.

»Die muss auch mal wieder gestrichen werden«, stellte Eddy fest und setzte sich darauf, aber Enne wollte nicht schon wieder sitzen. Sie war nervös und angespannt. Nun war sie es, die das hier endlich hinter sich bringen und Gewissheit haben wollte.

»Wir sollten uns hier aufteilen«, sagte sie. »Du gehst da lang und ich …«

Eddy schüttelte den Kopf. »Lass gut sein.«

Warum zögerte er?

»Ich hab mich von Christina und ihrem Geschwätz hinreißen lassen. Tut mir leid.«

»Und wenn sie doch irgendwas gesehen hat? Du wolltest der Sache doch unbedingt nachgehen. Weit kann sie ja nicht sein, diese *Wer-auch-immer-das-ist.*«

Er legte die rote Taschenlampe neben sich. Die hatte er die ganze Zeit mit sich herumgetragen.

»Und wie soll es jetzt weitergehen?«, fragte Enne schließlich. »Wie lange wollen wir noch warten?«

Er stand auf. »Du hast recht. Sie wäre jetzt eine Fremde.«

»Und was heißt das?«

»Wir tun das, was wir schon in der Nacht tun wollten. Wir begraben die, die wir gekannt haben.«

Enne war so erleichtert und legte ihm den Arm um die Schulter. Sie hatte schon damit gerechnet, dass nun alles wieder von vorne anfing. Das Warten, die Ungewissheit und die Spekulationen. Eddys Schweigen.

»Ich gehe zu Christina und rede mit ihr«, sagte Eddy. »Sie soll Magda holen.«

»Ist die nicht ein bisschen zu alt?«

»Es muss sein. Du gehst zu deinem Vater. Und dann bringen wir es endlich zu Ende.«

32

Enne fuhr in den zweiten Stock. Sie lief den endlosen Gang entlang, vorbei an den Zimmern mit den breiten Türen, durch die ein Pflegebett gut hindurchpasste. Ein bisschen erinnerte sie das Gebäude an ein Krankenhaus, nur sah dieses hier freundlicher aus. Man bemühte sich mit hellen Farben um eine angenehme Atmosphäre. Neben jeder Tür hing ein laminiertes Foto von dem Besucher, der dahinter seinen Lebensabend verbrachte. Der Name der Residenz klang nach Sonnenuntergang und nach Menschen auf Bootsstegen, die in die Ferne blickten. *Haus Meeresblick*. Dabei war die See noch Kilometer entfernt, allerdings gab es hier einen Lichthof mit Springbrunnen.

Der Name war wohl anders zu verstehen. Meeresblickmotive fand man auch auf Trauerkarten. Das hier war die Endstation, jeder wusste das, nur das Ambiente log. Es fing schon bei den Tapeten an. Raufaser, hellgelb gestrichen. All das Freundliche, die Wände, die Möbel, der Boden, man wurde geradezu geblendet. Es gab auch schummrige Nischen, in die man vor dem gleißenden Licht flüchten und sich zurückziehen konnte. Man saß hier in bequemen Sesseln und blickte auf schöne Bilder. Die Ostsee, Fischerboote beim Fang, die alte Zuckerfabrik. Geräte standen herum, als hätte die jemand zufällig dagelassen. Bekanntes aus fernen Kindheiten. Ein eiserner Handpflug, eine antiquierte Wäschemangel, mehrere Handkaffeemühlen.

Eine Bushaltestelle gab es auch. Wenn Enne kam, um ihren Vater zu besuchen, ging sie jedes Mal daran vorbei. Am Anfang hatte sie sich noch darüber lustig gemacht, inzwischen verstand sie den Sinn. Hier fiel den meisten das Warten leichter und sie warteten hier alle, immer, ständig. Auf Besuch, auf die nächste Mahlzeit, auf den Tod.

Meist saß jemand auf der Bank neben dem Haltestellenschild. Unter dem Schild hing ein Fantasiefahrplan, der von den Wartenden manchmal ratlos, manchmal wissend studiert wurde, je nachdem, ob sie sich an die Orte, die hier aufgelistet waren, noch erinnern konnte oder nicht.

Betty wartete seit drei Jahren. Sie wollte nach Hause, nur gab es das nicht mehr. Ihr Haus war längst verkauft, die Familie in alle Winde verstreut oder schon längst tot. Hans war kurz nach Betty hier eingezogen. Die beiden mochten sich. Er wartete oft mit ihr auf der Bank.

Heute hatte Enne gehofft, ihn hier mit Betty zusammen zu finden, denn sie träumten gemeinsam, dass der Bus noch kam.

Was das Warten betraf, so brachten es die beiden im Hause zu wahrer Meisterschaft. Selbst das Pflegepersonal bewunderte ihre Hartnäckigkeit. Sie vertrieben sich die Zeit, indem sie die Gymnastikübungen aus dem Morgenkreis wiederholten oder ein Spielchen machten. Ich-sehe-was-das-du-nicht-siehst. Mau-Mau. Manchmal rief Hans: »Ich glaube, da kommt er!« Aber dann schob nur jemand einen Wäschewagen über den Gang.

Wenn Enne sie da sitzen sah, rührte sie der Anblick, gleichzeitig kamen ihr Bilder von Flucht in den Sinn. Es lag an der Dekoration, die wohl Authentizität schaffen sollte. Alte, abgestoßene Pappkoffer und ein kleiner Leiterwagen. Als ob man sowas mit zum Bus nahm.

Betty saß allein auf der Bank. Enne blieb neben ihr stehen.

»Moin. Hat der Bus wieder Verspätung?«

Sie reagierte nicht. Das Warten nahm sie voll und ganz in Anspruch. Enne fragte nach ihrem Vater. Nun sah sie doch auf. Ihre Augen schwammen in Milch. Enne konnte sehen, dass Betty sie heute nicht erkannte. Es war einer ihrer schlechten Tage.

»Wissen Sie vielleicht Bescheid?«, fragte sie Enne.

»Worüber denn?«

»Über den Bus! Ob der noch kommt. Wird ja schon bald dunkel.«

»Das dauert noch«, versuchte Enne zu beschwichtigen und studierte den Fahrplan. »Wo soll's denn hingehen?«

Betty rang die Hände. »Nach Hause! Aber wie soll ich bloß die ganzen Koffer mitkriegen!«

»Bestimmt hilft der Busfahrer.«

»Tut er das?«

»Das muss er sogar. Gute Reise!«

Enne ließ Betty einfach sitzen. Sie ging zum Zimmer ihres Vaters und dachte wieder mal, dass sie ihn hier abgestellt hatte wie einen dieser alten Koffer. Nur war es in dem Fischerhaus einfach nicht mehr gegangen. Allein die Türschwellen. Nach dem letzten Schlaganfall traute er sich nicht mehr darüber. Sie mussten ihn in jedes Zimmer tragen. Und erst die Treppe und das alte Bad. Die Zuzahlungen für einen Umbau waren viel zu hoch. Also hatten Enne und Eddy den Vater noch lange durch das Haus geschleppt. Sie hatten ihn im Rollstuhl zum Hafen gefahren und wieder zurück, sie hatten ihn auch in die Badewanne gesetzt und zu zweit herausgehoben, bis ihnen fast das Kreuz brach. Das ganze Programm. Sie hatten es gut gemeint, aber dem Vater, der sein Leben lang alles mit sich allein ausgemacht hatte, gefiel das nicht. So friedlich er sonst gewesen war, so reizbar wurde er nun. Er schimpfte und zeterte, beschuldigte sie, ihn bestohlen zu haben, kein Essen zu bekommen, eingesperrt zu werden. Er wollte sich *von den jungen Leuten den Mors* nicht abwischen lassen. Er wollte auch keine *Fremden*, die das erledigten.

Dann ging das mit dem *Kopf-gegen-die-Wand-Geschlage* los und er spuckte Worte. *Mörder. Sibirien. Stasi.*

Da hatten sie ihn hierhergebracht, zunächst nur tageweise, später ganz. Es hieß, man werde ihn medikamentös einstellen, damit er ruhiger werde. Das klang, als drehten sie mal an diesem, mal an jenem Rädchen, aber es ging nicht anders. Am Ende wären sie noch alle verrückt geworden.

Enne hatte mehrmals überlegt, ihn wieder nach Hause zu holen, weil er so unglücklich wirkte und viel weinte, aber dann geschah das Wunder. Eines Tages hatte er neben Betty auf der Bank gesessen. Die Bushaltestelle war ihrer aller Rettung gewesen, Enne dankte demjenigen, der sich diesen genialen Unsinn ausgedacht hatte, und brachte manchmal Kekse mit, die das Warten versüßten.

Heute saß er allerdings in seinem Fernsehsessel. Den hatte Enne ihm zum Einzug ins Heim gekauft, so einen mit Fernbedienung und elektrisch. Halb liegend, halb sitzend war er nun darin gefangen. Er kam von allein nicht hoch. Im Fernsehen lief eine Morgensendung. Irgendein Schauspieler wurde interviewt. Bestimmt gab es eine neue Pflegekraft, die noch nicht wusste, dass Hans Jendrich am Morgen noch kein Fernsehen guckte und solche Sendungen sowieso nicht.

Er fuchtelte mit der Fernbedienung herum, aber es war die falsche, die für den Sessel. Er fuhr abwechselnd das Kopf- und Fußteil hoch und wieder runter und fluchte. Man halte ihn hier gefangen, man wolle ihn quälen.

»Papa?«

Er wandte sich ihr zu.

»Enne! Hol mich hier raus! Die machen was mit mir!«

»Gib mir die Fernbedienung.«

»Was meinst du?«

Sie nahm sie ihm aus der Hand und brachte seinen Sessel in die Sitzposition zurück. Er atmete auf.

»Na endlich! Und wann kommst du mich besuchen?«

»Ich bin doch schon da.«

Er lachte unglücklich. »Ja, natürlich!«

»Wie geht es dir heute?«, fragte sie.

»Die sperren mich hier ein. Und der Fernseher ist auch kaputt. Der geht nicht mehr aus.«

Enne suchte nach der anderen Fernbedienung und fand sie schnell. Sie lag in Griffweite auf dem Tisch, wo sie hingehörte. Enne schaltete den Fernseher aus.

»Wie hast du das gemacht?«, wollte er wissen.

»Du hattest nur die verkehrte in der Hand.«

»Wie soll man die auch unterscheiden! Das machen die extra.«

Er ruckelte sich in eine andere Sitzposition und verzog das Gesicht.

»Hast du Schmerzen?«

»Harr ick kiene, weer ick doot.«

Sie zog den einzigen Stuhl heran, der noch im Raum stand. Das Zimmer war spartanisch eingerichtet, er wollte das so. Enne hatte versucht, ihm Bilder an die Wand zu hängen, Fotografien von Lore und Suse und vom Kamp. Er hatte sie alle wieder abgenommen.

Nun saß sie hier und wusste nicht, womit sie anfangen sollte. Eine Woche war vergangen, seit sie beschlossen hatten, Suse zu beerdigen. Der Brief war geschrieben. Alles lag bereit. Christina hatte auch schon aus der grauen Stadt angerufen. Sie waren auf dem Weg, Magda und sie. Enne überlegte, ob Hans und Magda sich überhaupt wiedererkannten. Sie hatten sich ewig nicht mehr gesehen, nur hin und wieder telefoniert. Wie es Magda wohl ging.

»Ich muss was mit dir besprechen«, sagte Enne.

»Brauchst du Geld? Klappt nicht mit dem Theater, was?«

»Ach was! Es geht um die Familie.«

»Da musst du mit Lore reden. Die kennt sich mit sowas aus.«

Enne nahm seine Hand. »Papa. Lore ist doch schon lange tot.«

Er wollte etwas sagen, stockte aber. »Ach ja. Die is nich mehr. Ich bin tüdelig, oder?«

Verlegen sahen sie aneinander vorbei.

»Kannst du dich an Magda erinnern?«, fragte Enne. »Deine Schwester.«

»Natürlich kann ich das!« Er klang fast beleidigt. »Was ist mit der? Ist die auch tot?«

»Nein. Stell dir vor, sie kommt dich besuchen. Christina holt sie, mit dem Zug. Wir machen ein richtiges kleines Familientreffen. Freust du dich?«

»Und Suse? Kommt die auch?«

Warum waren diese Dinge so schwierig. Sie legte ihrem Vater die Hand auf den Arm.

Er sah sie erschrocken an. »Ist ihr was passiert?«

Wie dünn er geworden war. Unter der Haut konnte man die Knochen spüren. »Suse kommt nicht wieder. Die ist verschwunden.« Sie atmete durch. »Suse ist tot, Papa. Wir müssen uns damit abfinden.«

»Ja. Da hast du wohl recht.« Er sinnierte ein bisschen darüber nach. »Haben wir sie eigentlich schon beerdigt? Ich kann mich gar nicht erinnern.«

Enne nahm ihren Vater in die Arme. Sie drückte ihn an sich. Die Nähe fühlte sich fremd an, denn es war das erste Mal, dass sie das machte. Die Jendrichs hatten es nicht so mit Sentimentalitäten. Er schob sie sanft von sich, tätschelte ihr unbeholfen die Schulter, als müsse er das auch erst lernen.

»Ist gut, mien Deern. Nu laat man.«

»Wollen wir ein bisschen spazieren gehen und über Suse reden?«, schlug Enne vor. Er sah auf den Wecker, der auf dem Tisch neben ihm stand. Ein altes Ding zum Aufziehen. Der war stehen geblieben.

»Reden? Ne. Ich muss zum Bus.«

Er quälte sich aus dem Sessel, sie half ihm hoch, stellte

den Rollator in Reichweite. Die Strecken hier im Heim schaffte er noch ohne Rollstuhl. Er zog die Gehhilfe heran. Enne half ihm, sich hinzustellen. Er wartete, bis die Beine nicht mehr zitterten. Die wollten nicht mehr so recht. Dann lief er los mit seinen kleinen, schnellen Schritten. Enne kam kaum nach.

Die Bank war leer, zwei Koffer fehlten, ein dritter lag umgeworfen mitten im Flur. Enne hob ihn auf und stellte ihn zurück. Der Vater sah sich das an. »Dann ist der Bus doch noch gekommen. Und Betty ist ohne mich gefahren.« Er war vollkommen erschüttert. »Nun sehe ich Betty wohl auch nicht mehr.«

»Die kommt schon wieder. Bestimmt. Und wir warten einfach auf den nächsten Bus«, schlug Enne vor, obwohl sie nicht mehr viel Zeit hatte, denn sie musste noch einkaufen, für den Besuch.

Der Vater stellte seinen Rollator neben dem Haltestellenschild ab und setzte sich. »Das kann Jahre dauern. So lange lebe ich nicht mehr.«

Bewohner schoben vorbei, auf Rollatoren gestützt, wie eben der Vater, sie grüßten oder gingen wortlos weiter. Manche hielten an, redeten ein paar Worte. Ein Pfleger fragte, wohin es denn gehen solle, worauf sie keine Antwort wussten. Er bot ihnen Saft an.

»Eddy hat übrigens sein Akkordeon vom Boden geholt«, sagte Enne schließlich.

»Ach. Dann spielt er wieder?«

Er hatte es tatsächlich abgestaubt. Er übte eines von Suses Lieblingsliedern. *The Cure, Lullaby.* Das hohe C und das Fis klemmten, aber er war schon dabei, das Instrument zu reparieren, sonst hörte sich das am Ende an, als habe die Melodie Schluckauf. Seine Finger mussten sich auch erst wieder an die Tasten und Knöpfe gewöhnen, aber es ging schon ganz gut von der Hand.

»Er übt für Suses Beerdigung.«

»Ah. Gut. Wann ist die? Ich hab gar keine Karte gekriegt.«

»Ich hol dich morgen ab. Dann siehst du auch Magda wieder.«

33

Herden von Nandus bevölkerten die Felder der ehemaligen LPGs. Die Vögel gehörten hier ebenso wenig her wie die Investoren, die die Äcker gekauft hatten, Versicherungen und Konzerne. Die Vögel konnten nichts dafür. Angeblich waren sie aus einem Privatgehege geflohen und hatten sich auf den mecklenburgischen Ländereien ganz prächtig vermehrt. Christina hatte darüber gelesen. Sie waren zu einer Landplage geworden, wie die Investoren. Die fraßen das Land und die Vögel die Saat. Deshalb sollten die Tiere nun zum Abschuss freigegeben werden.

»Wo fahren wir denn überhaupt hin?«, fragte Magda wohl zum hundertsten Mal. Sie saßen im Zug, Fensterplatz mit Tisch. Der Wagen war nur zur Hälfte gefüllt an diesem Montagvormittag.

»Erkennst du nichts wieder?«

»Nein. Wo sind wir? Wo bringst du mich hin?«

»In deine alte Heimat.«

»Heimat!«

Das Wort löste keine Begeisterung in ihr aus.

Christina hatte sich von Eddy überreden lassen. Er war noch an dem Tag, als sie glaubte, Suse gesehen zu haben, zu ihr gekommen.

»Du hast dich geirrt. Wir haben alles abgesucht, aber da war keine Frau Pohl und keine Suse.«

Sie wusste selbst nicht mehr, was sie gesehen hatte oder ob da überhaupt etwas gewesen war. Sie schlief schlecht und hatte sich etwas zusammengebraut, nach einem Hexenrezept aus einem alten Buch, aber sie sah auch so Dinge, die nicht da waren. Manchmal glaubte sie, verrückt zu werden.

»Ja, kann sein, vielleicht habe ich mich geirrt«, schnappte sie, »und was willst du jetzt von mir?«

Er erzählte von dem Plan und dass sie Magda dazuholen müsse, sonst habe das alles keinen Sinn.

Also war sie in die graue Stadt gefahren, nach vielen Monaten mal wieder, und hatte die Mutter aus dem Heim geholt. Es wurde sowieso höchste Zeit, dass sie sie besuchte. Magda war nun vierundneunzig und vergaß viel, aber sie hatte Christina sofort erkannt und sich gefreut, sie zu sehen.

Nun saßen sie im Zug und sie hatte Magda zig Mal erklärt, wohin sie fuhren und warum, aber ihr Gedächtnis war ein Fass ohne Boden. Man rief etwas hinein und es kam unten wieder heraus. Man musste Geduld mit ihr haben.

»Wohin fahren wir?«

»Auf den Kamp.«

»Und was machen wir da?«

»Wir beerdigen Suse.«

»Aber die ist doch noch ein Kind!« Sie dachte nach, Christina konnte sehen, wie es in ihr arbeitete. »Die ist sehr krank. Die liegt im Krankenhaus. Und nun ist sie gestorben?«

»Ja. Mama. Suse ist gestorben.«

»Das ist ja schrecklich. Und wie geht es Lore und Hans?«

Es hatte keinen Sinn, ihr die ganzen komplizierten Umstände wieder und wieder zu erklären. Die Ostflüchtlinge, der Mauerfall, Suses Verschwinden, Lores Tod. Das würde sie nicht mehr begreifen. Sie erinnerte sich auch nicht, dass Christina schon lange im Osten lebte und sie beide nicht mehr in der geteilten Wohnung.

»Wie läuft das Studium?«

»Gut, Mama.«

»Und wo fahren wir hin?«

»Wir besuchen deinen Bruder.«

»Meine Brüder sind gefallen. Alle tot.«

Sie fing an zu weinen.

Christina gab sich geschlagen, antwortete nur noch mit Ja und Nein und Hm, bis auch Magda aufgab, schweigend aus dem Fenster sah und still versuchte, die Puzzleteile in ihrem Kopf zusammenzusetzen.

Eine Zugbegleiterin fragte nach den Fahrkarten. Christina kramte sie aus der Handtasche, zusammen mit dem Schwerbehindertenausweis ihrer Mutter, wegen der Demenz. Es gab Ermäßigung. Zu irgendwas musste der Mist ja gut sein. Die Frau schaute sich alles lange und nachdenklich an, auch Magda musterte sie. Dann knipste sie die Karten ab und wünschte eine gute Reise.

»Sie glaubt, ich bin tüdelig, oder?«, fragte die Mutter.

»Nein. Sicher nicht.«

»Aber ich bin tüdelig!«

»Erinnerst du dich an Hans? Deinen Bruder?«

»Hans!«, rief Magda laut durchs Abteil. »Ist der denn

wieder aus Sibirien zurück? Hat Stalin ihn endlich gehen lassen?«

Die Ärztin im Heim hatte ihr geraten, nicht dagegen anzugehen.

»Es geht ihm gut«, sagte Christina.

Nach der Fahrkartenkontrolleurin kam der Mann mit dem Imbisswagen. Der Duft von Kaffee wehte ihm voran. Christina kaufte zwei Becher, einen schob sie Magda hin.

»Pass auf, der ist heiß.«

Die Mutter hatte derlei Warnungen noch nie ernst genommen. Mit Hitze kannte sie sich aus. Sie nahm den Becher und zuckte nicht einmal zusammen. Ihre Hände fühlten nichts mehr. Sie drehte den Becher ratlos hin und her.

»Wie macht man denn den Deckel ab?«

»Du musst durch den Schnabel trinken.« Christina zeigte ihr, wie man das machte. »Da ist ein Sieb drin. Damit du das Pulver nicht in den Mund kriegst.«

»Ich trinke doch nicht aus einer Schnabeltasse!«

Magda war nicht nur vergesslich, sie war auch bockig geworden. Am Ende trank sie ihren Kaffee doch und döste dann ein wenig. Als sie erwachte, behauptete sie, Suse gesehen zu haben.

»Du hast geträumt, Mama.«

»Die hat mich besucht«, behauptete sie steif und fest.

Und wieder rasten sie an Herden von Nandus vorbei.

»Wo sind wir?«, fragte Magda.

»Wir sind bald zu Hause.«

34

»Wird wohl wieder Gewitter geben«, sagte Eddy, als Enne aus dem Heim kam. Es brodelte schon seit Tagen, aber heute war die Luft zum Schneiden. Enne konnte die Schwüle nicht gut vertragen, sie bekam davon Kopfschmerzen. Die Sonne stand gleißend am Himmel, aber es zogen Wolken auf.

Enne hatte schon auf der Heimfahrt bemerkt, dass sich über dem Wasser etwas zusammenbraute. In den düsteren Gebirgen am Horizont, die die Farbe von Auberginen hatten, zuckten Blitze, aber da war kein Donner. Dieser Sommer brachte immer wieder solche Ungetüme hervor, aber man konnte nie wissen, wo und wann sich die Gewitter entluden. Alle blickten bang in den Himmel und warteten auf Regen, nur blieb der meist aus. Diese Wolken, dick wie Wale, schafften es nicht aufs Festland, sie gingen über dem Wasser runter, da konnte man machen, was man wollte. Dabei war das Land schon so trocken wie die Sahara und jeder Windstoß jagte Sandwolken vor sich her.

Enne packte die Einkäufe aus. Sie legte alles auf den Tisch. Auf dem Rückweg vom Heim war sie noch schnell beim Discounter gewesen, denn heute gab es Angebote und man musste schnell zugreifen. Gartenhandschuhe und T-Shirts. Drei Stück für knapp zehn Euro. Durch Eddys Hemden konnte man schon die Zeitung lesen. Die taugten höchstens noch als Putzlappen.

»Du musst bald los, Magda und Christina vom Bahnhof abholen«, sagte Enne und fing an, die Vorräte zu verräumen. Sie hatte auch schon für den Besuch eingekauft und für das, was sie vorhatten. Teelichter, Blumen, Schnaps. Den Butterkuchen würde sie selbst backen.

»Wie war's mit Hans?«, fragte Eddy.

»Gut. Er ist einverstanden.«

»Tatsächlich? Und hat er begriffen, was wir vorhaben, und dass seine Schwester kommt?«

»Ich glaube schon. Aber keine Ahnung, ob er sich morgen noch daran erinnert.«

Man würde sehen.

Draußen kam Wind auf. Eine Böe fegte in die Küche, der Einkaufszettel und ein paar lose Blätter segelten durch die Luft. Enne sammelte alles auf. Eddy schloss das Fenster.

»Da kommt gleich was runter«, sagte er. Aber es kam dann doch nichts. Das Gewitter zog über das Wasser weg. Er fuhr zum Bahnhof und Enne deckte den Tisch.

Sie hatte Magda viel größer in Erinnerung gehabt und auch irgendwie imposanter. Die Frau, die mit Christina das Haus betrat, war klein und krumm, die Stimme nur noch ein Hauch. Doch die Dauerwelle saß.

Sie tranken Kaffee und aßen Kuchen, Enne fragte, wie die Reise gewesen war. Magda sprach nicht viel.

»Sie ist müde«, sagte Christina. »Die Reise strengt sie sehr an. Hoffentlich überlebt sie das.«

Dass die Kusine immer so übertreiben musste.

»Sie sieht doch ganz zufrieden aus«, meinte Eddy.

Sie machten sich aber bald auf den Weg zu Christinas

Haus, weil das Wetter schlechter wurde. Eddy fuhr die beiden. Man verabredete sich für den nächsten Tag.

Gegen Abend ging dann alles ganz schnell. Draußen bogen sich die Bäume unter den hereinbrechenden Böen. Ein Blecheimer schepperte über die Straße.

Enne stellte sich zu Eddy ans Fenster. Sie sahen zu, wie das Gewitter heranrollte.

»Hoffentlich ist morgen besseres Wetter«, meinte Enne, aber Eddy hörte nicht zu. Er hatte da draußen etwas entdeckt. »Was macht die denn da!«

»Wer?«

Eddy zeigte Richtung Hafen. Da stand Christina in ihren Wallegewändern auf dem Bootssteg und es sah aus, als ob sie das Wasser und den Himmel beschwor.

»Nun ist sie vollkommen übergeschnappt. Warum ist sie nicht bei Magda?«

Eddy riss das Fenster wieder auf. »Christina! Komm da weg! Schnell!«

Der Gewittersturm riss ihm die Worte aus dem Mund. Donner krachte. Ein Blitz knallte in die Wiesen. Enne spürte, wie sich ihre Nackenhaare aufrichteten und wie es auf der Haut zu kribbeln begann. Die Luft brannte. Es roch nach Schwefel. Der Teufel war los.

»Wir müssen sie da wegholen«, sagte Eddy und suchte hektisch nach der roten Taschenlampe, denn es wurde schlagartig dunkel.

»Hast du wohl draußen auf der Bank vergessen«, vermutete Enne.

Eddy fand eine andere, da war Enne schon losgelaufen. Er folgte ihr.

Gemeinsam stemmten sie sich gegen den Sturm. Dann kam der Regen. Erste Tropfen, groß wie Kieselsteine, fielen vom Himmel. Endlich, dachte Enne, und doch war ihr ganz bang.

Nun war es Nacht, als hätte jemand das Licht ausgeschaltet. Christina war nur noch eine schwarze Silhouette. Eddy knipste die Taschenlampe an, aber es nützte nicht viel. Der Regen schlug ihnen auf Arme und Beine, er wurde so dicht, dass Enne meinte, Wasser zu atmen. Sie waren sofort nass bis auf die Knochen, lange bevor sie Christina erreichten, und es waren nur wenige Meter bis zu ihr.

Ein weiterer Blitz krachte in den Kamp und schaltete kurz das Licht wieder ein. Während es Enne von den Beinen fegte, sah sie Christina, wie sie die Arme ausbreitete, als wollte sie jemanden empfangen. Oder wie eine Vogelscheuche, dachte Enne.

»Was tust du denn!«, schrie Eddy, der wohl dachte, dass sie wieder irgendeinen Hokuspokus veranstaltete, und wahrscheinlich hatte er recht damit. Aber wo war Magda? Und was sollte das Ganze? Das war ihr letzter Gedanke, bevor ihr Schädel explodierte.

Danach brauchte sie eine Weile, um wieder zu sich zu kommen. Sie lag auf dem Boden, ihr Herz raste, in den Ohren fiepten Mäuse. Sie sah sich um. Christina war verschwunden. Eddy auch.

Eddy kroch zu ihr hin. Er war ganz in der Nähe zu Boden gegangen von dem Blitz. Er fragte sie etwas. Sie sah, wie seine Lippen sich bewegten, hörte aber nichts. Sie legte die Hand an ihr Ohr.

»Ob alles in Ordnung ist!«, schrie er sie an.

»Gott sei Dank! Ich dachte schon, ich bin taub geworden!«

»Und ich fühl' mich, als ob ich in eine Steckdose gefasst hätte.«

Sie hockten nebeneinander auf dem blanken Boden. Aus Almas Haus loderten Flammen. Hier hatte der Blitz eingeschlagen. Das Dach brannte.

»Frau Pohl!« Das war Ennes erster Gedanke, der zweite galt Christina.

Sie kam auf die Beine, half auch Eddy hoch, dann standen sie im Regen, ratlos. Enne wusste nicht, wo sie zuerst hinlaufen sollte.

Albrecht kam aus seinem Haus. Auch die Nachbarn liefen nun alle zusammen, einige trugen Feuerlöscher, nur würden die hier nichts mehr ausrichten.

»Ich suche Christina und Magda!«, rief Enne. »Geh du zu den anderen. Löscht das Haus!«

Christina saß am Ende des Stegs. Das Gewitter verzog sich so schnell, wie es gekommen war. Es wurde wieder Tag, der Regen hörte auf.

»Sag mal, bist du von allen guten Geistern verlassen?« Enne stellte sich neben sie. Ihre ganze Angst und Anspannung entluden sich jetzt. »Wir hätten alle draufgehen können!«

»Ja. Der Blitz hat eingeschlagen.«

»Allerdings! Almas Haus brennt! Was hast du denn hier draußen gemacht!«

Christina zeigte über das Wasser. »Da war jemand.«

»Da war ein ziemlich fettes Gewitter. Und wo ist Magda?«

»Die schläft. Ich hab ihr was gegeben.«

Christina und ihre Quacksalberei.

»Um Himmels willen, was denn?«

»Na, ihre Medikamente. Die vom Heim haben mir alles mitgegeben.«

Ennes Knie gaben nach. Sie setzte sich neben Christina. Ihre Kehle war rau und trocken, sie brachte kein weiteres Wort heraus. Die Wolken rissen kurz auf und gaben die untergehende Sonne frei. Der Horizont glühte, dann schoben sich die Wolken wieder davor. Es fing an zu dämmern.

»Da war jemand«, wiederholte Christina und zeigte über das Wasser.

Enne lachte roh. »Suse in ihrem Mantel? Ist sie über das Wasser geflogen? Du hast wieder von deinen Tees getrunken, oder?«

Christina schwieg und fing an zu zittern.

Es hörte auf zu regnen. Das Gewitter zog weiter. Über den Bäumen stoben Funken.

»Komm. Ich bring dich nach Hause«, sagte Enne und half ihr hoch, aber sie konnte kaum laufen. Sie brachte sie ins Fischerhaus.

Als Enne zurückkehrte, schlugen die Flammen schon aus allen Fenstern. Die Balken barsten im Feuer. Es stank nach verbranntem Efeu. Da war nichts mehr zu retten. Von weitem hörten sie die Feuerwehr.

»Warmer Abriss!«, rief Albrecht ihr zu. Er stand auf

seinem Rollator gestützt an der Straße, neugierig wie eh und je. »Da kann der Eigentümer sich freuen!«

»Gibt's denn einen?«

»Keine Ahnung!«

Eddy kam ihr entgegen, ganz schwarz im Gesicht. Er keuchte.

»Wir waren noch drin. Da war keine Frau Pohl und auch sonst niemand.«

»Na, Gott sei Dank!«

Er fragte, was mit Christina und Magda sei.

»Alles in Ordnung. Ich hab Christina erst mal zu uns gebracht. Sie behauptet steif und fest, jemanden gesehen zu haben. Oben auf dem Deich.«

Eddy drückte ihr etwas in die Hand. »Hab ich drinnen in Almas Haus gefunden.«

Enne starrte darauf. Es war der alte Teddy.

Enne schickte Eddy später los, um Magda zu holen. Sie wollte ihnen allen ein spätes Abendbrot bereiten, denn nach der Aufregung kam der Hunger, aber sie stand nur in der Küche und starrte auf den Teddy. Er trug noch das Paketband um den Hals, mit dem Suse ihn damals unter die Decke gehängt hatte.

Sie sah auch nach draußen, wo eben noch Almas Haus gestanden hatte und nun eine schwarze Lücke klaffte, wie ein weggegammelter Zahn sah das aus. Der große Löschwagen fuhr gerade ab, der kleine blieb noch mit der Brandwache zurück. Bena, die am Hafen wohnte, trug gerade einen Korb mit Getränken und Broten zu den Männern hin, es war Nacht geworden. Eigentlich hatte Enne auch etwas zusammenpacken wollen, so machte man das doch, aber sie fühlte sich kraftlos und ihre Gedanken kreisten um Frau Pohl und um Suse. Das konnte doch alles kein Zufall sein. Christinas Beteuerungen, der Teddy. Oder lag der schon seit Jahrzehnten in Almas Haus? Hatte Suse ihn da vergessen, als sie noch auf dem Kamp gelebt hatte? Enne versuchte, sich zu erinnern, wann sie ihn das letzte Mal im Kinderzimmer gesehen hatte, aber es war alles viel zu lange her.

Sie nahm ihn zur Hand. Er stank nach Ruß und Qualm. Aus mehreren Löchern quoll das Stroh. Der Pelz war mottenzerfressen. Sie drehte ihn auf den Kopf. Er gab noch ein klägliches Brummen von sich.

Enne setzte sich, obwohl sie eigentlich den Tisch decken und die Soljanka aufwärmen sollte, die sie längst hatten essen wollen und die sie extra für Magda gekocht hatte. Die stand seit gestern im Kühlschrank, zum Durchziehen. Bei diesem Wetter wurde sowas schnell sauer. Sie riss sich zusammen und stellte die Suppe auf den Herd. Eddy musste bald mit Magda kommen. Es wurde Zeit, Christina zu wecken, die war in der Stube auf dem Sofa eingeschlafen.

Später saßen sie alle am Tisch, schweigend, Christina beobachtete Magda, wie sie sich in der Küche umsah und versuchte, die Bilder zu sortieren. Sie fuhr mit der Hand über den Tisch. Im Grunde hatte sich hier nichts verändert.

»Wo ist Hans?«, fragte sie.

»Den holen wir morgen.«

Sie aßen und redeten über Suse, zuerst stockend. Sie sprachen auch über Lore und über alte Zeiten. Es war schon weit nach Mitternacht, da brachte Eddy sie zurück.

Enne konnte aber nicht schlafen. Sie setzte sich in den Garten hinter dem Haus. Hier stank es nicht so penetrant nach Verbranntem. Eddy kam dazu. Sie öffneten eine Flasche Wein. Saßen da und zählten die Sternschnuppen. Olle sprang auf Eddys Schoß. Ein Gedanke machte Enne zu schaffen.

»Und wenn sie doch wiederkommt – verlässt du mich dann?«

Eddy setzte den Kater auf den Boden. Er stand auf und stellte sich vor Enne, die zu ihm aufsah.

»Was wird das denn?«

Er zog sie hoch und umarmte sie fest. Sie war so viel Nähe nicht mehr gewohnt. Sie machte sich ganz steif. »Was tust du?«

»Ich halte dich.«

Er ließ sie lange nicht los. Sie wusste nicht, ob sie das zulassen sollte. Sie waren sich meistens aus dem Weg gegangen, all die Jahre, so waren sie gut miteinander ausgekommen. Das mit Eddy und ihr, das hatte sich nur so ergeben. Sie durfte nicht zu viel erwarten. Sie bedauerte trotzdem, dass es nicht mehr geworden war, weil Suse die ganze Zeit zwischen ihnen gestanden hatte.

»Sie ist weggegangen«, sagte Eddy schließlich, »aber du bist da.«

35

Am Nachmittag holte sie den Vater aus dem Heim. Er wartete schon an der Haltestelle, zusammen mit Betty. Dass sie gestern ohne ihn gefahren war, hatte er längst vergessen, aber nicht, dass Enne ihn holen wollte und warum. Es hatte ihn wohl die ganze Nacht beschäftigt.

»Ihr Vater ist sehr nervös«, sagte der Pfleger, der Enne die Medikamente für den Tag aushändigte.

»Ich werde auf ihn aufpassen.«

Als sie kamen, hatte Christina schon gedeckt und Magda thronte am Tisch, wie damals, nur dass sie die Augen geschlossen hielt. Nun hob sie den Kopf.

»Hans? Bist du das? Und ich dachte schon, der *Iwan* hat dich immer noch! Dass ich dich nochmal wiedersehe!«

Enne wollte schon reflexartig das Fenster schließen, es saß tief in ihr drinnen. Der Vater sagte erstmal nichts.

Sie tranken Kaffee und es war fast wie früher, nur fehlten zwei und draußen qualmten die Überreste von Almas Haus noch schwach vor sich hin. Man erinnerte sich an gemeinsame Zeiten. Magda packte die alten Geschichten aus, die von Onkel Ingo und seiner Wanderkugel. Sie aßen von Ennes Butterkuchen, es wurde ein langer Tag und ein ebenso langer Abend. Als die Nacht kam und draußen die Grillen lauter wurden, holte Eddy das Akkordeon. Es war so weit.

Sie zogen zum Bootssteg. Das Dorf schloss sich ihnen an, sie wussten alle Bescheid. Enne warf die Flaschenpost mit dem Brief und dem Foto von Suse in die Peene. Sie schickten Papierboote mit Teelichtern hinterher und zuletzt den Teddy oder das, was davon übriggeblieben war. Christina hatte noch etwas auf Lager, einen Segen oder Spruch, der war gar nicht mal so übel, auf jeden Fall feierlich. So etwas hatte noch gefehlt und es konnte nicht schaden.

Als sie fertig waren und zurück im Fischerhaus, tischte Enne den Rest Soljanka auf, es war noch genug für alle da, auch vom Butterkuchen gab es noch reichlich. Sie tranken Wein und Schnaps. Sie stießen auf Suse an und auf Lore. Die Alten erzählten die alten Geschichten, vom Kamp und wie das damals gewesen war. Die Neuen erzählten ihre eigenen und wie es werden konnte.

Sie saßen noch lange und Eddy spielte. Immer noch fehlten die beiden Töne, weil die Reparatur komplizierter war, als er gedacht hatte, aber es störte keinen. Im Gegenteil. Es machte die Sache so besonders, wie Suse auch gewesen war.

Zuletzt saßen sie noch zu dritt. Enne, Eddy und Christina. Die Alten hatten sie zu Bett gebracht.

»Mir ist kalt«, sagte Enne. Die Luft hatte sich nach dem Gewitter gestern deutlich abgekühlt. Eddy legte den Arm um sie. So blieben sie noch lange. Vom Mond sah man nur den Bauch.

Ihnen fielen fast die Augen zu. Es waren anstrengende Tage gewesen. Und als sie da saßen und dösten, ging eine Gestalt auf dem Deich entlang, in einen langen Kapuzenmantel gehüllt, so einen, wie Suse ihn getragen hatte, in ihrer schwärzesten Zeit. Auf dem Rücken trug sie einen Rucksack. So war die fremde Frau ins Dorf gekommen, so ging sie wieder.

»Frau Pohl zieht weiter.«

»Oder wer auch immer das ist«, sagte Christina.

Eddy winkte ihr zu. »Mach's gut.«

Die Fremde verließ das Dorf, im Licht einer Taschenlampe. Zuletzt hob sie noch die Hand. Dann war sie verschwunden.

Dank

Mein herzlicher Dank gilt der wunderbaren Schauspielerin Simone Winde *vom Kamp* für die vielen Geschichten, Erinnerungen und dein offenes Ohr für all die Fragen, die ich hatte, meiner lieben Kollegin Jana Jürß für gute Hinweise, für eine Sightseeing-Tour an diverse Schauplätze und dass du mich gefahren hast, meinem alten Freund, dem Theatermann Piet Oltmanns für lange Abende mit gutem Wein in eurer Stube und einen erhellenden Spaziergang um das Dorf, meiner geduldigen Lektorin Katharina Dittes und ebenso meiner Agentin Rebekka Göpfert, weil ihr mir weiter vertraut habt, selbst, als es schwierig wurde in diesem anstrengenden Coronajahr, René und Kerstin für eure Gastfreundschaft und meiner Familie, vor allem dir, Thomas. Ihr habt mir Mut gemacht und mich ermuntert, ohne euch wäre ich aufgeschmissen gewesen.